編集者の短歌史

Takahiko Oikawa

及川隆彦

はる書房

目次

編集者の短歌史

短歌新聞社へ

数年前、ぼくの自宅ちかくに住んでおられた縁からたびたびお会いしていた民俗学者で歌人でもあった谷川健一先生から「君は短歌雑誌の編集をやって長いんだから、そろそろその体験でも書いておいたほうがいい」といわれたことがある。「自分の発行している雑誌でもいいじゃないか」とも述べてくれた。

自分の編集発行している誌面にものを記していいのかどうか、ずっと躊躇していたが、歌の作品ではないし、今のうちに経験してきたことをまとめておくのも何かの役に立つかも知れない。そう思うようになっていた矢先に谷川先生は平成二十五年八月二十四日に亡くなられてしまった。

休日には小田急線百合丘の珈琲店でよくお会いしていたので淋しいかぎりであるが、先生のことばを受け、自分なりにたんたんと編集者の短歌史を記していきたいと思っている。記憶ちがいもあろうし、思い違いをすることも多々出てくるかも知れないが、それはいずれ読者やまわりの歌人諸氏に遠慮なく指摘していただきたい。

本稿は一昨年廃刊となってしまった総合短歌雑誌「短歌現代」の創刊のころから編集にかかわった者として、その時代、ぼくの三十二歳前後からの自伝にちかい編集日乗となる。大学を出てからの十年間もさまざまの雑誌や単行本の編集キャリアもあるが、ここでは

「短歌現代」創刊前後のころからのことどもを記していくことになる。

発刊までについては、「日本短歌雑誌連盟」の会報にふれたこともあり、既に目を通された方々もあろうかと思われるが、ご承知いただきたい。

＊

一九七六年（昭51）暮、ぼくは地下鉄東高円寺駅そばのボロアパートで新婚生活をおくっていた。当時人気のあった漫画「どくだみ荘」そのままのような、ひどくムサイ一室で四年前母が亡くなってより住んでいた所である。

いくつかの出版社を去り、途中、不動産業を歌人の堀江典子さん（元「個性」会員）に誘われたものの失敗し、今でいうフリーターのような日々を送っていた。

人生の岐路ともいうべき三十二歳。はじめての子供も翌年七月に生れる予定になっていて、今度こそ長続きできるような仕事を得たいと念じていた頃である。

短歌を作っていた妻は大阪人。学生時代は大阪万博でキャンペーンガールをしたこともあるという。上京し、一時は幼稚園の先生をして安定しないぼくの生活を支えてくれていたのだが、どういうわけか、どこかでタコ焼き屋を始めたいと言うのである。

二人で不動産屋を何軒かめぐり、比較的安いテナントの場所をさがした。そこはかなり辺鄙な多磨墓地前に決まった。大阪人だから、本場仕込みのトロロ芋入りタコ焼きである。もろもろの道具は妻がみずから浅草合羽橋へ出かけて揃えた。

不安な気持でむかえた開店日には、父と「心の花」の後輩の小紋潤君が駆けつけてくれた。小紋君は「心の花」に入会以来、日々ぼくの傍にいて、会えば酒を呑んだ。ぼくの懐中はいつも心もとなかったが、小紋はさらに金に困っていて、彼が近年長崎へ帰るまでの三十年間、酒代はほとんどぼくが引き受けていた。後に小紋の舎弟ともいうべき存在となる谷岡亜紀君や黒岩剛仁君らがまだ現われなかった時代である。

タコ焼きはとても贅沢なトロロ入りなのに、関東人の口には合わなかったらしい。タコとカツオブシだけのシンプルな味が東京人には合うのであろう。店は半年ばかりで閉じることになった。ぼく自身も手伝うこともあり、焼きソバまで作ったのだが、やっぱり水商売はむずかしかった。妻はやがて保育士の資格を得ようとしていた。

七六年の暮であった。購読していた唯一の短歌分野のジャーナル紙「短歌新聞」は二年もの間支払いをしておらず、内容もつまらないので二千円の未払分を渡して購読をやめるべく、アパートから十分ほどの高円寺南口にある短歌新聞社をおとずれた。

高円寺周辺は独身時代、数年間にわたり夜な夜な呑みに出かけた所である。レモン割り焼酎の元祖「赤ちゃん」、石垣出身のママの店「清か」が主な呑み所であった。数年前、本誌のインタビューに登場した俳人で下谷の住職の佐山哲郎君ともよく呑んだ。

短歌新聞社にかつて勤め、現在は現代短歌社で仕事をされている唐崎洋子さん（旧姓・今泉洋子さん）ともその界隈でよくご一緒した。もちろんぼくがまだ一人身の頃で、懐ぐあいの乏しいにもかかわらず、とにかく呑んで呑みまくった日々であった。

横道にそれるが、二十代半ばの頃のぼくは、週に四十軒の梯子をした経験もある。新宿ゴールデン街にて一軒のバーで一杯呑んでは店を移って呑んだのである。当時も金欠病の日々であったが、世は高度成長期、なんとかなった世の中であった。

その頃は「えろちか」というユニークなエロスの雑誌を編集していて、現在のながらみ書房のちかくにあった編集室ではいつも小さな冷蔵庫に宝焼酎が入っていて、仕事中でも呑んでかまわないというような雰囲気であった。二日酔、三日酔の日はしょっちゅうだったのである。

イラストレーターとして活躍されていた佐伯俊男さんと会うと、「オイカワさんはいつも二日酔ですネ」といわれた記憶がよみがえる。

さて、七六年十二月二十日頃、新聞社のドアを開けると、石黒清介社長が「おおっ」と声をあげ、新聞購読中止の話をしたのだが、「今なにしてるの?」と逆に聞いてこられた。「失業中です……」と小声で言うと、「ちょっと話があるからお茶でも飲もうか」と、向いの喫茶店へぼくを誘ってくれた。

珈琲を飲みながら、社長が話しはじめた。「実はな、短歌の雑誌をやってみたいと前から考えていたんだ。あなたが編集経験のあることを知っているし、どうか?　やってみないかネ?」と言う。

ちょっとビックリした。しかし、石黒さんの表情は真剣であった。

倉庫を見つけ初出社

短歌新聞社の石黒清介社長から短歌雑誌の編集をやってみないかと問われ、咄嗟に思ったのは新聞社が小出版社であるのはかまわないとして、石黒さんの商法のことであった。短歌新聞社でしか通用しない本の購入券を稿料としてもらったこともあり、なんてせこい御礼の仕方だろうと思っていたからである。働いている方々の給与もかなり低いと噂で聞いたこともあった。「考えさせてください」と返事をしてその日は帰った。

当時の短歌総合誌は老舗《しにせ》の「短歌研究」と角川の「短歌」二誌があったが、伝統ある両誌に割ってはいるのは容易でないと察した。ただ、ぼくの年齢もすでに三十二歳、今さらまともな出版社に入れることもないであろう。来年は子供も生れる。引越しも考えねばならない等々、いくつかの事情を考えると、ここは人生の岐路だと悩んだ。

二日考えた。「ええい！」と決断した。受話器を取り「やってみたいと思います」と述べた。昭和五十一年の暮もまぢかの十二月二十三日頃だったろう。あらためて、新聞社で石黒さんと会った。とても喜んでくれた。石黒さんは当時、五十九歳、小柄ながら、がっしりした体格でよく言えば精悍な感じ、一方で、いかにも業界紙のオッサンという容姿であった。

「それならまず倉庫が必要だ、すぐに不動産屋へ行って、この周辺のいい所を見つけて来て欲しい……」と石黒さんは言った。倉庫を持っていない出版社というのもふしぎだと思いながら、妻と共にタコ焼き屋の場所さがしのために潜った不動産屋へ駆けつけた。

　年末の十二月二十七日だったか、高円寺というそのものズバリの寺の前の公園わきの一室が見つかった。木造だったが、奥行もけっこうあり、なにより新聞社から徒歩二、三分なのが良かった。仕事は一月四日からとのことで、暮から正月にかけて、新しい短歌総合誌をどのように企画し、編集していくか、さまざまなイメージを描いた。

　一九七七年（昭52）一月四日、高円寺駅南口近くの短歌新聞社へはじめて出社した。住んでいた東高円寺のボロアパートから徒歩で約十分、九時の始業ということでいくらか余裕をもってアパートを出た。

　新聞社はたて長の八坪ほどの狭い所だったろうか。当時、石黒社長とおりおり現われる奥さん、それに「アララギ」の旧い会員である狩野登美次さん、高木泰子さん、若い村山豊くん、アルバイトの宇田くん、田中さんという方がいた。

　教育関係の副読本、エロス、銀行実務の雑誌、さらには不動産業にもかかわってきた波瀾の二、三十代だったが、ここはここ、人生の勝負どころである。早く新聞社の雰囲気になれたいと思った。

　購読を中止しようと思っていた「短歌新聞」の校正が初仕事であった。こま切れで出てくる抜き刷りの直後のような油っぽい活字ゲラだったが、編集者として久しぶりに水を得た魚のような気持になった。

社長からは六月に新しい短歌総合誌を創刊すると言われていたが、新聞の校正と発送、歌集の発送の手伝いなどで、新雑誌へのヴィジョンはなかなか作れなかった。公園のわきのぼくが捜した倉庫へもよく行き、村山くんや宇田くんらと書籍の整理も手伝った。

入社数日後の土曜日、入社祝をしようと社員から声があがり、狩野さん村山くん宇田くんと新宿へ呑みに行った。通称小便横丁（田中小実昌はゴキブリ横丁と言っていた）のぼくがよく通っていた小さなバーである。四人で盛りあがった。

「いくら安い給料の新聞社でも、雑誌担当者となれば二十万の給与は出すだろう、どうかな?」の声もあった。若い三人でこれからの短歌界を拓いていってくれと、狩野さんは酒をあおるたびにご機嫌になっていった。

狩野さんは酒好きの明るいお爺さんと直感したが、呑むほどにぼくの手をやたらと握り、そして舐めてくるのである。変な癖のある方だと思ったが、それは狩野さんの呑むときの癖だと後で知った。

給与の日まで額は不明だった。見習いということなのだろうか、手にしたのは十万ちょっとだった。ヤル気をかなり失くした。

一ヶ月二ヶ月は、ほとんど新聞の校正や発送で過ぎていった。当時は社長の自宅で発送作業をしていて、ポマードの空缶を用い、タブロイド版の新聞を折っていく単純作業をくりかえした。旧い家は傾いていていて、実際、机の上にあった鉛筆やボールペンがころがっていく様を何度も見たことがある。儲っているはずなのに、ずいぶん古い家に住んでいるなと思った。

そんな日々、高円寺駅南口ちかくの短歌新聞社へはさまざまな歌人が顔を見せていた。なにしろ、「短歌研究」や「短歌」に飽きたりないという理由もあったであろう、社長のとりまき歌人といったら失礼だろうが、ぼくにとってはあまり馴染みのない方々が多かった。短歌新聞の購読者をふくめ、あたらしく出る雑誌の申し込みや励ましに来られた方々であった。

主に、前衛系にちかい歌人と接してきたぼくにとっては、ほとんど初めて知る結社の歌人諸氏であった。もちろん、お会いして話をしてみると善人ばかり。歌壇や新聞社、社長の性格など、分りやすく面白く語ってくれたのである。「歩道」の田野陽、川島喜代詩、秋葉四郎各氏。結社名は省くが、白石昂、鈴木諄三、大滝貞一、島有道、竹内温、岡山たづ子、大悟法利雄、大悟法進の各氏たちだった。玉城徹さんもよく顔を見せていた。

玉城さんからは二月頃であったろうか。荻窪の居酒屋にいるから、一杯やろうという電話をうけた。直感的にどのような誘いか、ピンとくるものはあったが、酒ならばと思い、石黒社長には黙って仕事を終えてから居酒屋へ向かった。

若い魅力的な女性が玉城さんの隣に座っていた。お弟子さんか教え子のように見えた。酒をよく呑み、とても愛嬌があった。呑みながら玉城さんに「どんな方向で、どんな雑誌にしてゆくのか」と聞かれた。玉城さんとは初めて呑んだ日だったが、じっくりじっくり呑む方で、強いと思った。

創刊号巻頭作の誤植

玉城徹さんに呼びだされ、荻窪南口の居酒屋ではじめて酒をともにした。どんな総合誌を編集してゆくのか興味と不安があったのであろう。大正生れの玉城さんは反前衛派であったが、岡井隆や塚本邦雄には一目も二目も置いていたことはぼくも承知していた。ぼくの周囲は岡井さんを含め佐佐木幸綱や福島泰樹であって、編集者なら冨士田元彦だったから、前衛の飛沫を浴びた歌人中心の雑誌にされてはたまらないという意識が玉城さんにはあったであろう。そして、ぼくがかつて「えろちか」誌の編集をしていて、何をたくらむか不明の猜疑心も持っていたと推測できるからである。

玉城さんは酒も強く、話をかわしているうちに、とても味わい深い文学論をされる方だと感心した。ぼくが啄木ファンであると言い放った時には、あらためて乾杯の盃をあげた。隣にいた魅力的な若い女性も酒が強く、静かに話に聞きいっていた。

そうしたことのあった後、ようやく石黒社長も重い腰をあげた。雑誌の方向についての意見を歌壇の諸氏に問うべく、女性歌人と男性歌人と二回に分けて相談会を行うというのである。

一回目は女性歌人たちが狭い新聞社に集まった。仕事を終えてからの相談会である。川口美根子、森山晴美、新井貞子の諸氏を記憶している。富小路禎子さんも加わっていただろうか。

新雑誌の内容は地方の歌人たちを視野に入れ、中央に片よることのない正統な総合誌たるべき誌面をとの意見が多く出たように思う。終えて、ちかくの居酒屋へ向かった。

後日、男性の歌人たちによる打合せも開かれた。小谷心太郎、大滝貞一、高瀬一誌諸氏を覚えているが、他にどなたがいたかは忘れてしまった。鈴木諄三さんだったろうか。二時間ほど意見をかわした後、石黒さんから「及川君、そばのラーメン屋へ行ってラーメンを頼んできてくれ」と言われた。ビックリした。女性の集まりのおりは居酒屋だったのに、今回はラーメン一杯。食べた後の宴は無かったのである。

それでも「ごちそうさまでした」と小声で礼を述べた小谷心太郎さんの表情を今も忘れることはできない。女性の集まりの折も男性の折も謝礼どころか交通費さえ出していなかったと思われる。

「後悔先に立たず」。これは大変なところへ入ってしまったと思った。それにしても、女性も男性の歌人も自費で大事な打合せ会によく来られたものだと思う。歌壇、否、この新聞社という形態がまったく分からなくなった。

何であれ、創刊号が出ればぼくの給与もいくらかは上げてくれるだろうとの気持で日々を過ごした。小谷心太郎さん、後に何度も風呂敷に本をつめて来社された。とても恥《やさ》しい方で、柴生田稔さんとともに忘れることのできない好人物であった。

大胆な企画をいろいろ考えたが、写実系を基本とするイメージの強い新聞社ではまさか

「前衛短歌の総括」とか「写実派の停滞と今後」などといった内容からスタートは不可能だと考えた。

ここは「相聞歌」あたりが無難かと思って社長に企画案と登場する執筆者一覧を見せた。A5判、別帖の目次をふくめて一六〇ページ、定価四八〇円という結果となった。

創刊号から書店に置くことになった。歌人で東販の偉い方であった「新炎」主宰の相野谷森次さんのはからいである。さすがに長く歌壇で仕事をつづけてきた石黒社長には、さまざまのバックとなる方がいたのである。

印刷所の協同印刷久木二郎さんもとても協力してくれた。協同さんは神田駅ちかくの出世不動通り近くにあり、印刷の機械も持つ中堅の会社であった。二郎さんは競馬好きで、父が馬主であったらしい。ぼくとは馬の話でまことに馬が合った。

創刊号は一万部作ることになった。「短歌新聞」の購読者が約二万人で、雑誌ならこの位だろうとの目測である。

一九七七年（昭52）七月一日発行日、創刊号ということもあり、実際は六月初めに見本刷もできあがっていた。

「創刊のことば」を本扉の後に二ページにわたって置いた。ぼくが記したものを、社長がいくらか手直ししたと記憶している。どこかで秋葉四郎氏が社長が記したと書いていたが、それは違っている。社長をはじめ周囲の声をうけとり、次の四点を刊行の主旨として掲げた。

・歌壇の公器としての良心的編集
・総合短歌誌としてのひろい視野
・真に実力ある歌人の発掘と推輓
・読者の投稿作からも本欄に推薦

以上の四点である。

創刊号の巻頭作品は土屋文明の「入間路」十首で飾った。当時の文明は八十八歳くらいだったろうか。歌壇の最長老である。これだけは社長みずからに手紙を書いて依頼していただいた。

ただ、創刊号が出て間もなく、これは間違っているのではないかと、新聞社の隣に住む大悟法進さんからの指摘があった。それは「入間路」三首目四首目にある次の二首、

　友あり此の野の桜を年々に食ひぬ今日は来りて取らむとす
　藪に入り人の残せる桜の側芽一つ取るにも父子骨折る

大悟法さんから「桜」は「桵《たら》」ではないかと指摘されたのである。なるほど「桜」を食うという表現はおかしい。「そうだ、土屋先生は〝桵〟の芽が好物だったよ」と社長が首をうなだれた。

創刊号ゆえ、ぼくだけでなく社長もよく校正されたはずである。にもかかわらず、大きな校正ミスを犯してしまった。まして大歌人の作をである。

十年もの間、さまざまの雑誌をやってきたぼくも蒼ざめた。

寺山修司の苦言

第三の総合誌と呼ばれた「短歌現代」は一九七七年（昭52）七月一日を発行日として刊行された。

その前後、角川書店の「短歌」編集長として活躍されていた秋山実氏は、「短歌現代」発刊をかなり意識されていたのだろうか、ぶ厚い「現代短歌辞典」や「現代短歌のすべて――そして、ピープル」なる大冊を刊行した。

ただし後者はともかく、前者の歌の辞典は急いでまとめたせいであろう、誤植のきわめて多い一冊で、今ではまったく役に立たないものだと述べていい。

秋山さんは有能な編集者であったことをよく知っているが、氏もぼくの登場をかなり意識していたように思われる。前衛系の歌人たちとぼくが近いことを知っていたろうし、なによりぼくがかつて異色の雑誌「えろちか」を編集していたことを知っていただろうからである。

さて、「短歌現代」第二号は「短歌における美」を特集にしたが、急遽、創刊号の印象や感想、雑誌のこれからの在り方について座談会を催すことになった。

テーマは「多様な創造――今日の歌」とし前田透、大西民子、来嶋靖生、新井貞子の四氏を狭い新聞社に迎えて話し合った。

前田透氏は「もっとレベルの低いものが出来るんじゃないかと心配したんですが、その憂いがなく、独善的なところが全然ない。非常にバランスのとれた、気持のいい雑誌が出来たことをまず喜びたい」と述べてくれた。

来嶋靖生氏は「ページ数をとってみても実質的で、歌プロパーの必要なものが鮮明に出てくる」との意見。

大西民子氏は「まっとうな総合誌とは何か、それはよくわからないんですけども二つの総合誌が（筆者註「短歌研究」「短歌」）それぞれの特色をのばし、行き着くところまで行ってしまって、真ん中があいている。その真ん中あたりに、何かがほしいという気がしていたんです」との弁。

座談は公器としての総合誌の役割とは何かについて進んだ。

新井貞子氏は「公器といった場合には、必ず良心という裏付けがあって、その良心という概念がまた曖昧で、簡単に解明は出来ないと思う」と話された。

これらの話は創刊号への感想だからして遠慮やお世辞もあったにちがいあるまい。四人とも「まああの船出、思ったよりいい出来の創刊号だった」と語っている。

しかし、ぼく自身はというと「相聞歌」の特集テーマはよいとしても、もうひとつ強力なパンチ、つまり現代にとって、はたして「相聞歌とは何の謂？」を記すような論が据えられてしかるべきかと思っていた。

案の定といおうか、なにかもやもやとしていた気持を鋭く突かれる意見を受けとめざるをえない指摘を受けた。寺山修司氏からである。

寺山さんは創刊号の出る前に、新聞社が例年催していた「短歌講演会」のゲストとして安田生命ホールで講演をされた。もう一方は中野菊夫氏だったと記憶している。

寺山さんの講演テーマは「短歌の虚構」で、その内容は創刊号にも第二号にも掲載した。寺山さんとは古くからお会いしていて、大学卒業後に法政大学「文芸研究会」の講演会に佐佐木幸綱ともども呼んだのもぼくの手配によるものである。天井桟敷第一回二回の催しであった「青森県のせむし男」、「大山デブコの犯罪」、その後の芝居も楽しんで見た。

さて、「短歌現代」第二号に掲載される講演ゲラを見てもらうため、寺山さんのいるホールへ向かった。どこのホールだったかは記憶にない。

寺山さんは即座に「読んだよ創刊号、もっともっと強烈な特色を出さなくちゃ」と早口で話し、矢のようなスピードで講演ゲラに朱を入れていったのである。

円卓テーブルにゲラを置き、立ったまま数人の劇団員とおぼしき若者と打ち合わせをしながらの校正である。ビックリした。ぼくだって編集屋の端くれ、八年以上の校正経験者である。

でも、ここにいる大きな、やや猫背の男は人と話をかわしながら、間があくと猛烈なスピードで細かい活字に朱を入れていくではないか。小説ではあるが、武蔵が食事中に飛ぶ蝿をハシで捕える神技が瞬間的に思いうかんだ。あらためて天才だと思った。

「おっしゃる通りですが、俊英や前衛の方ばかりではまずいですし、社としての姿勢もあるものですから、難かしいところです」と、頭をかきながら返答するしかなかった。

二号、三号と続けていくうちに、早くも壁と言おうか、歌壇それ自体が抱えている矛盾と言うべきか、大結社中心、大家を柱とした歌壇の構造の在りかたにぼくは疑問を持ちはじめていた。

さらに大きな悩みを持つに至った。やはり壁と言ったらいいだろうか。この時代、七〇年代後半近く、歌壇の東西の俊英たちとの交流がかなわず、その人たちが何を今の総合誌に求めているかがよく摑めなかったことである。出社から退社まで、鎖にしばられている社風にも矛盾を持った。

耐えがたかったといってもよい。雑誌の編集とはどの分野であれ、さまざまのジャンルの書き手とふれあうことにより獲得できるクリエイティブな仕事だと考え、信じてきたからである。

ある日、憂さ晴らしに俳人や歌人のよく集まる阿佐谷駅南口、一番街のバーゆき乃へ行ってみた。ここは既に白石昂さんや国見純生さんに案内していただいた店である。

角川の秋山実さん、読売新聞の伊藤さんという方、詩人の渋沢孝輔さん、石黒社長もときどき暖簾をくぐることを知っていた。中でも秋山さんと玉城徹さんは常連だと聞いていた。ママのゆき乃さんは四十代くらいのなかなか艶っぽい感じの方で、和服でも洋服でもよく似合う方であった。ひとりウイスキーの水割りを呑んでいると、角川の秋山さんが、三、四人の若い歌人を連れて静かに入ってきた。

宮柊二・佐藤佐太郎・木俣修と会う

阿佐谷のバー「ゆき乃」でひとり呑んでいると、角川「短歌」の編集長・秋山実さんが三、四人の若い歌人を連れて入ってきた。雑誌の座談会を終えての締めくくりらしい。

当方はひとりぼっち。知っている若い歌人へ「やあやあ」と声をかけるほかはなく、淋しくひとりウイスキー水割りのお代りをした。秋山さんは社費で呑めるのであろうが、新聞社で交際費というのはいっさい無い。これは八年間の勤務中でも徹底していた。

三十代前半の呑み盛りが、このまま帰宅できるわけはない。懐中《ふところ》は超のつくほど心もとなかったが、さいわい阿佐谷の北口には、学生時代からツケで呑ませてもらっているバー「ぶ～け」がある。二十代はじめの頃、佐佐木幸綱兄に連れていただいた店で、もう十数年来の顔である。

作家芝木好子夫君で東京教育大教授の大島清先生、実業之日本社などの出版者の方、歯科医の先生、三菱信託の銀行員、かなりのレベルの方の集まるバーであった。日本住宅公団の唐崎さんも常連で、後に氏はかつて現代短歌社に勤めていた唐崎洋子さんのご主人となった方である。

二十代前半に残念なこともあった。「ぶ～け」のドアをあけると、ママの康子さんが「ああら及川さん、残念だわぁ、今さっきまで歌人の福田先生が来ていたのよ」と言うのだ。

この先生こそ、現「古今」主宰の福田龍生さんの父・福田栄一さんなのだが、たった数分の差で栄一先生とはとうとう会うことは適わなかったのである。もしお会いできていたら『新風十人』の頃や「思索的抒情」についてのお話をうかがえたであろう。ご子息の当時の頃などの話も出たかも知れない。

さて、「短歌現代」は三号四号となんとか号を重ねていくことになる。連載の執筆陣はかなり豪華で、これは短歌新聞を長く続けてきた石黒社長の顔によって揃えることができた。

宮柊二の「忘瓦亭備忘記」、佐藤佐太郎の「茂吉歌抄」、木俣修の「明治短歌史」、安田章生の「藤原定家」、市村宏の「万葉人」と、なかなか豪華な顔ぶれの執筆陣であった。

宮先生が一度、原稿を持参されたことがあった。現在、「柊書房」を営んでいる影山一男君が同行していて、先生はどんな奴が雑誌の編集をしているのかを見にきたのかも知れない。昭和四十年代前半に新宿の居酒屋「ぼるが」でお会いしたことがあったが、白い顎鬚が伸び、杖をついての来社であった。

威厳があり、ほほ笑みながらもいかにも文人という印象であった。

佐藤佐太郎先生とは、新聞社に入社してまもなく、「短歌新聞社賞」の選考会でお会いしていた。木俣修、玉城徹両先生に石黒社長も加わっての選考会であった。

「これは俗だ！　通俗だ！」のひとことの批評で片づけていたが、なかなか鋭く、さすがに大家のおもむきがあった。

「先生にあまり呑ませると奥さんに叱られるから」と社長が述べると、静かに「大丈夫」といってゴクリゴクリとコップ酒を口にされていた。

選考会が終了し、玉城さんに「佐藤佐太郎って、やっぱり凄いところがありますね」というと「そりゃそうだよ」と述べた日のことを思い出す。

木俣先生の連載はいつもかなり遅れがちで、何回目くらいからだったか、杉並の高井戸の自宅まで原稿を受けとりにいくことになった。なにしろ多忙で、一日に四〇〇字二〇枚くらい書く日々だと言っていた。

いつも玄関先でしな子夫人から原稿を受けとっていた。「風鳥居」と名づけられた家は広い庭に木々がたくさん繁っているように見えた。

あらためて創刊から四号あたりまでの誌面を開いてみる。創刊から四号までの巻頭は、土屋文明、宮柊二、土岐善麿、木俣修の各氏に登場いただいている。社長の希望であった。六号目は近藤芳美であった。当時の大家レベルの方々で、妥当な人選であろう。

創刊号、第二号は寺山修司の講演録を掲載し、第三号で佐佐木幸綱氏から「沈黙の詩」の評論を記していただいた。

四号の評論は歌壇に復帰してまもない岡井隆氏から「歌と私生活――詞書の効用」の稿をいただくことができた。この文章はその後の岡井さんの作品を解くうえにもとても大事なもので、四〇〇字二〇枚ほどの評論にはひとつの作品も引用されないで記されている。

「もとこれ及川君のもとめに応じた雑文にすぎないのだから」の一文も中にあり、自分の氏名を記されただけで嬉しかったことを覚えている。まだまだ「短歌現代」はぼくが雑務だけをしていて、編集は社長がリードしていると思っていたようだったからである。

数ヶ月が過ぎ、新聞社にはさまざまな歌人が顔を見せた。近くに住む岡山たづ子さんや樋口美世さんをはじめ横田専一、高瀬一誌、大滝貞一、川島喜代詩、田野陽、白石昂、生田友也、中野菊夫、水城春房、野北和義、相澤一好、大悟法利雄、三国玲子、若山旅人、市村八洲彦、竹内温、島有道、各氏である。上げた方々のかなりは既に鬼籍に入られてしまった。

珍しい方では、穎田島一二郎、岡部文夫、逗子八郎、阿部正路、山村湖四郎各氏ともお会いした。やはり、皆亡くなられてしまっている。

ともあれ、鬱屈した編集の日々ではあったが、雑誌は何とか軌道に乗りはじめていた。三号四号は女性歌人の特集を考えていて、社長に企画案を提出すると、それなら「閨秀歌人」としてみたらどうかという。「閨秀? 今どき古過ぎることばじゃありませんか」と問うと、「それでいい」と押し切られてしまった。未だに悔が残っている。

女流の登場と河野裕子

女性歌人の特集企画を考えたのは、当時目ざましいほど女性歌人の活躍が目立っていたからに他ならない。

齋藤史の迢空賞、現代歌人協会賞の河野裕子、ミセス女流短歌賞の石川不二子、角川短歌賞の松平盟子。あれから今日に至るまで、歌壇は女性優位を保ちつづけているといって過言ではないであろう。

七〇年代後半、社会全体の方向も女性に視線の向けられた時代であった。創刊三号の編集後記にぼくは次のように記している。

「『青い鳥』『わたしは女』『クロワッサン』は、いずれもここ一、二年もしくは最近刊行された〝新しい女性誌〟である。他に『女』『おんな事典』をそれぞれ特集していた著名な雑誌社もある。今までにある婦人雑誌・週刊誌を加えると〝女性のための雑誌〟〝ニューファミリイ〟的な読物は、このところ大盛況といってもいいだろう。〈ナウでファッショナブルでエロチックな〉という軽妙な宣伝でポルノグラフィーを、恐らく若い女性層向けに発売しはじめた出版社さえあった。こうしたジャーナリズム競っての、女性読者層の開拓の動きは、今日の女性有位時代の何よりの反映であるし、女性意識の昂揚を少なからず認めていることにちがいない。」

あれから三十七年を経た。大変なスピードで女性の文化的向上は進んでいる。「クロワッサン」は三十七年も前の刊行だったのだ。

あらためて「短歌現代」第三号の目次を開いてみる。巻頭作品二十五首は土岐善麿が発表している。男性の大家や中堅クラスでは、鹿児島寿蔵、小暮政次、樋口賢治、大野誠夫、扇畑忠雄、冷水茂太、吉野昌夫らが七首ずつ。そうそうたる方々だが、今日生存されている方は皆無である。

女性歌人の特集だからメンバーを見ると、齋藤史、長沢美津、岩波香代子、前川緑、久方寿満子、君島夜詩、清水乙女、雲出雪枝、大貫迪子、片山恵美子、佐佐木由幾、森岡貞香らで、この方々もすべて幽明界を異にしている。三十数年経れば、誰もこの世から去ってしまう。感慨ぶかい。

ところで、女性の時代が始まった印象を強くうけた当時を代表する新人は河野裕子であった。彼女はすでに『森のやうに獣のやうに』(青磁社)の第一歌集で、新鮮かつ爽やかな恋歌で歌壇に登場していたのだが、第二歌集の『ひるがほ』はさらに彼女の存在を決定づけた。二冊の歌集から二首ずつ上げてみる。

逆立ちしておまへがおれを眺めてた　たつた一度きりのあの夏のこと
『森のやうに獣のやうに』

たとへば君　ガサッと落葉すくふやうに私をさらつて行つてはくれぬか

わが裡の何を欲りせる抱擁の泳ぐやうなる腕の形よ
『ひるがほ』

このいのち終る日のこと想ほへば産むとふことも罪やも知れぬ

『ひるがほ』は一九七六年十月、短歌新聞社の刊行である。「短歌現代」創刊の前年であり、前述したように、この年の現代歌人協会賞に推されている。

河野さんはまことに残念ながら、四年前の八月十二日、六十四歳で逝ってしまわれた。初期のみずみずしい相聞歌、中年期の母性の歌、そして晩年の生命を凝視した極限の歌、どれも全力で詠んだ女性の歌であろう。

話はそれるが、ぼくの家内も当時歌を作っていた。旧姓は松実啓子《ひろこ》といい、河野さんの歌のファンのひとりであった。

「短歌現代」の創刊号は七月号であるが、その年、ぼくたちははじめての子供を得ることができた。七月四日生れなので、雑誌が創刊された直後である。

名前を「裕子《ゆうこ》」とつけた。河野さんのような人になって欲しいとの願いからであったろうか。しかし、しばらく経て、裕子はもちろんいいが、かなり多い名前だからどうだろう、と夫婦で取留めのない話し合いをした。

今さら名前を変更するとなると、簡易裁判所へ出かけて略式裁判を受けなければならない。覚悟を決めた。家内は子どもを背に負い、ぼくと裁判所へ向かった。早々に離婚の裁判を受けるかのような視線を周囲から浴びた記憶がある。

名前を変えるだけでも、正当な理由が無ければならない。「裕布子《ゆふこ》」に変名することを決めていたので、裕布子とつけようとしたら役所の方が錯覚し、裕子になってしまったと、かなりアバウトな言い訳をしてわれわれは初老の女性裁判官を説得した。

何とかかんとか述べたてて、ようやく許可をもらえた。裕子で良かったのだが、ぼくも家内も変な意地があったのであろう。思うに、それだけ「河野裕子」のネームは当時、歌を作っている若い世代に引力を持っていたのではあるまいか。三十数年前、新人ながらも、すでに河野裕子さんは歌壇のスターともいうべき綺羅だったのである。

後年、いくたびか河野裕子さんや永田和宏さんと会うことになるが、右のお話をお二人にしたことはない。

さて、第四号は「同時代の閨秀歌人」につづけて「戦後閨秀歌集の展望」を特集とした。中河幹子歌集『悲母』、五島美代子歌集『母の歌集』、馬場あき子歌集『桜花伝承』等々三十六冊の女性の歌集を取りあげたもので、最後に河野さんの『ひるがほ』も含まれている。伊藤一彦さんが歌集の解説を的確に記しているので引用してみたい。

「『ひるがほ』一巻によって河野裕子が歌おうとしたのは単に子ではなかった。子を身籠り子を産むことを通じて生と死の根源と秘密とを歌おうとしたのである」と。初期の河野さんの作品のモチーフをとても分りやすく明かした指摘であろう。

『ひるがほ』の刊行された当時、ぼくはまだ河野さんとお会いしたことはなかった。社長と河野さんはおそらく電話か書状のやりとりで一冊にしたのであろう。

馬場あき子さんをはじめとして河野さんの登場は戦後や当時の女性の歌集の発火点であった。この二人の女性歌人の活躍が、今日の女性歌人の隆盛を導いたと思っている。

大家の特集を組む

なんとかかんとか「短歌現代」の編集も創刊より半年を過ぎ、翌年は主に歌人大家の特集を組むことにした。皮切りは社長の大好きな佐藤佐太郎、次は近藤芳美を、そして、大熊信行とつづけた。

佐太郎論二本は、佐太郎を尊敬する玉城徹さんと石川一成さんに依頼した。石川さんへお願いしたのは佐太郎が中国の詩人蘇東坡に傾倒していたからで、漢文学に詳しい石川さんなら佐太郎をよく読んでいると思ったからである。

佐太郎からも作品をいただいた。「渚」と題しての十三首で、渚を歩くことの好きないかにも佐太郎らしい一連であった。二首だけ引いてみる。

十二月二十八日、晴。午後渚を歩む。

冬枯れの陸地は遠し風のふく海をへだてて西日にけぶる

ちがやなど風にふかるるもの軽し影さきだてて帰る渚に

特集では他に歌集論として『歩道』を大野誠夫、『軽風』を秋葉四郎、『群丘』を長澤一作らが記しているが、『帰潮』を葛原妙子、『冬木』を田谷鋭、『形影』を清水房雄らが記しているのは興味ぶかいところであろう。

さらに佐太郎への随想として、田宮虎彦、鹿児島寿蔵、上村占魚、前田透、高木東六、齋藤史らに執筆していただいた。佐太郎本人やそのお弟子さんから石黒社長へ伝言のあって揃えられた執筆者であろう。「佐太郎百首」はもっともふさわしいと思われる上田三四二が抄出されていて、これも味わいがある。

近藤芳美特集はちょうどその頃、今までの十一冊の歌集を収めた『定本近藤芳美歌集』の刊行が短歌新聞社で完成し、その光芒を浮き彫りにせんがために組んだものである。

その数ヶ月前、定本歌集の最終打合せのため、ぼくは初めて練馬西武園ちかくの近藤宅へおとずれたことを鮮明に記憶している。

応接室に入ると、早々にとし子夫人がニコニコ顔で紅茶を出してくれた。その後は主人の近藤芳美のそばにずっといて、ぼくと近藤さんの話に聞き入っていたのである。まことに仲の良い、どこまでもご一緒のご夫婦にいささか窮屈感もうけたのだが、あたたかい雰囲気に変りはなかった。

雑誌の特集では荒正人と武川忠一のお二人に歌人論をお願いした。

法大英文学の教授荒先生にお願いしたのは、近藤さんについてかつて文章を記したことを知人から聞いて依頼したのか、近藤さんから直接指示をされたのか記憶ははっきりしない。

思い切って荒さん宅へ電話を入れてみた。法政の日文出身で、小田切秀雄先生のゼミを受けていた者ですと述べると、快く引きうけていただいた。「どんな雑誌か、見たいから、一度自宅へお出で下さい」といわれる。

西荻窪だったか、玄関の脇に大きな桜の樹のあったことを覚えている。応接室では大学時代のお話をした。ぼく自身は先生とお会いするのは初めてであった。現在、短歌誌「沃野」を率いる三枝浩樹さんは法政の英文出身で荒先生の授業を受けていたことを知っていたので、そんなお話も荒先生としたのにちがいない。ご承知であろうが、戦後の日本の文化の状況を「暗い谷間」と銘打った『第二の青春』の著書や漱石研究で名高い。

しかし、原稿はなかなか受け取れなかった。最終締切日を三日、四日と過ぎ、何度も電話を入れた。月刊誌ですのでと述べ何とかと泣きそうな声を出し、ようやく翌日の朝に受けとる約束をした。

高円寺駅のホームに九時に来てくれといわれる。変な場所を指定されるものだと思いつつ、新聞社近くの小雨の降る駅のホームへ急ぐと、先生は見当たらない。

ベンチに先生らしき人はおらず、さてと思いながら先へ目を向けると、何とベンチではなくホームの前方の屋根のない所に座りこんでいる老人がいる。先生だった。なぜ雨に濡れるのにこんな所にいるのかと思ったが、とにかく原稿を受けとることはできた。

「なぜ、こんな雨に濡れる所に座りこんでいるのですか」と聞こうと思いながら、余りに異常な場所なので、聞くこともしなかった。

後日、何かの折に角川書店の編集部の方にそのことをお話すると、荒さんは重い鬱病に前から罹っていたとうかがった。話では、「角川で漱石の本を作っていて、漱石が東京でどんな所をめぐったかを荒さんに依頼したら、タクシーをいくらでも使い、金がかかって大変だった」と話してくれた。赤塚才市さんからだったか、秋山実さんだったかも知れない。

荒先生とはその後会うことはなかった。翌年の六月に亡くなられてしまったのである。大熊信行特集は没後一年をけじめとしたもので、新聞社から『昭和の和歌問題上・下巻』刊行を期にしたものであった。経済学者であり、歌人であり、歌論家であったが八十四歳で亡くなられている。

啄木の三行歌に影響をうけ、やがて土岐善麿を知り、三行歌を創るとともに多くの歌論を展開された方である。新聞社では、大熊さんの『母の手』という歌集も刊行したが、『昭和の和歌問題上・下巻』をふくめて大熊さん自身は生前に手にとることはかなわなかった。

特集は大熊信行と交わりのあった久保田正文、土岐善麿、中野嘉一、篠弘、佐々木妙二各氏に文章をお願いした。今では大熊信行を知る歌人は少なくなっているのではなかろうか。

ちょうどこの特集を編集していた頃だったか、一九七八年（昭53）四月に五島美代子さんの逝去を知った。お弟子さんで、今も活躍されている大野とくよさんは杉並の五島さんの家の近く、すぐに五島家へ駆けつけたことであろう。美代子さんとは一度だけぼくもお会いしていて、品のある美しい方だと思っていた。

「短歌現代」では急遽次号に五島美代子追悼号を企画した。

創刊一周年記念号

一九七八（昭53）年六月、「短歌現代」は創刊一周年を迎えることが出来た。遅くなってしまったが、はじめて巻頭に前登志夫の作品「夏草」二十五首をいただくことができた。一連は前さんの第四歌集『樹下集』（小澤書店）に収められている。

詩集『宇宙駅』や第一歌集『子午線の繭』を読んで以来、ひそかに前さんのファンであるぼくにとって、ようやく念願のかなうことのできた依頼であった。三首ほど引いてみる。

花いまだひらかぬ春の花矢倉太鼓の音は谷に響ける

春山に鳴る法螺貝の音さびし法師はあまた列なして行く

花おそき今年の春よ三人子《みたりご》はいまだ幼く朝の山くだる

記念号なればとて、当時の大家の作品も並べることができた。短歌新聞社、また石黒社長の好きな方々でもある。佐藤佐太郎、木俣修、宮柊二、吉田正俊、近藤芳美、窪田章一郎、岩波香代子各氏らの作品である。名前だけ上げてみてもそうそうたる顔ぶれであろう。

一年を期して「随筆」欄と「歌人日乗」のページをあらたに設けた。随筆ではじめに執筆いただいたのは俳壇の大家、山口青邨先生である。先生とお会いする機会を得ていたので、快く承諾していただいたのである。

先生は大野とくよさんの住む杉並堀ノ内近くに住まいがあり、大野さん宅へうかがった折に先生の自宅まで連れていってもらった縁で、気楽に随筆を引きうけてくれたのである。

連れていただいた日、青邨先生からは色紙と句集を頂戴したことを今も鮮明に記憶している。玄関で立ち話中、先生の奥さんも顔を出された。ぼくが先生に「及川です」と名乗ったのを聞き、奥さんを呼ばれたのであろう。

「わたしも旧姓は及川ですのよ」と奥さんが言う。「えっ？　ぼくは千葉の九十九里の方ですが奥さんは？」と聞くと、「わたしは岩手ですのよ」と言われる。「岩手や東北は及川が多いのを知っています」と返答すると、青邨先生は「海軍大臣を務めた及川古志郎の娘なんだ」と口をはさんだ。

同姓はともかくとして、及川古志郎の娘さんとはビックリした。及川古志郎といえば対米英決戦の折の海相であるが、もうひとつイエスかノーか決断のはっきりしない軍人としての性格を聞いたことがあるからである。最近読んだ半藤一利さんの『昭和史』（平凡社）でも学者肌の軍人として大将はこう記されている。

「海軍きっての漢学者といわれるほど漢籍に詳しく、机上では毎日論語や孟子を読んでいる」と。

しかし、大将には意外なエピソードのあることを歌人の方々なら知っているだろうか。古志郎と石川啄木は盛岡中学の同窓生で、文学青年の古志郎の読んでいた本を啄木が借りて読んでいたというのである。

岩城之徳か吉田孤羊の書でそのことを知ったように思うが、啄木は借りて読んだ文学書によって文学や短歌に目覚めていったことは確かであるらしい。

海軍大臣としては今ひとつ人気の無かった古志郎だが、啄木の文学への開眼をうながした意味は大きい。

現在、青邨のあった家は復元されて岩手の詩歌文学館の脇に雑草園と呼ばれ保存されていることはご承知であろう。随筆のことから話が横にそれてしまった。

記念号には当時の気鋭の歌人へも作品を依頼した。三枝昂之、秋葉四郎、小中英之、林田恒浩各氏ら へ二十首。糸川雅子、今野寿美、元木恵子（現・佐藤恵子）、山本登志枝各氏らへ十首である。

今や三枝さんは日本歌人クラブの代表となり、秋葉さんはつい先頃までその代表にあった。さらに、お二人はそれぞれ山梨県立文学館館長、斎藤茂吉記念館館長を務めるに至っている。

「歌人日乗」というページもこの号から始めた新企画で、毎回書き手を変えて二ページずつ記してもらおうという気楽なひと月の断片日記である。第一回目は山崎方代さんに依頼した。「五月三日　木　曇　四時半　毎日の日課　ぜんまいを摘んで帰る　十一時を少し廻った。待ちきれないので冷を一ぱい。今日は四月二日に結婚式をあげた歌の仲間の下村夫婦が来てくれることになっているが顔を見ないと安心が出来ない」と記してある。下村夫婦とは、下村光男さんのことであろう。

このページは雑誌が廃刊になるまで続いたと思う。企画のネーミングはぼくの愛読書のひとつ荷風先生の「断腸亭日乗」から取ったものである。

記念号には昭和五十三年四月十五日に逝去された五島美代子さんの追悼も特集とした。追悼文は加藤克巳、山田あき、遠山光栄、山下喜美子各氏が記し、ご主人の五島茂、娘さんのいづみさんも思い出を記してくれた。いづみさんはどうされているか不明だが、他の執筆者は皆さん他界されている。

母の歌人として佐佐木幸綱、河野裕子両氏からも評論をいただき、近代短歌、とくに「明星」に詳しい新間進一先生からは短歌史的視点から文章を記してもらった。さらに百首抄は森岡貞香氏に、略年譜は、美代子さんのお弟子さんで今も健在の大野とくよさんの記述。

一六〇ページの総合誌としては、今読み返してみても読みごたえ十分の内容だったと自負している。

目次のレイアウトも一周年を期に大胆にした。創刊号から担当されていたぼくの友人で陶芸家・美術家の堀慎吉さんはカットに専念し、堀さんの紹介で有能なデザイナー新島実さんに担当していただいたのである。

連載物は創刊号からの木俣修「明治短歌史」、玉城徹「源泉としての近代短歌」、安田章生「藤原定家」の三本であったが、好評だった安田先生の連載は入院によって本号で終了となってしまった。安田先生とは一度もお会いする機会がなかったことを悔んでいる。

大西民子さんと風

新聞社へ入社して一年、がむしゃらに働いているうちに一周年の記念号も終えた。三十四歳の男盛り。仕事もしたが、あいかわらず酒もよく呑んだ。二十代半ば頃の週に四十軒以上の梯子酒はさすがに不可能になったが、仕事や社への憂さ晴らしもあって酒はちっとも減らなかった。タバコも日に四〇本ちかくは喫っていただろう。当時はきついショートホープであった。

さて短歌史から逸れる話を今回はしてみることにする。新聞社には相変らず正社員の他に何人ものアルバイトが入れかわり立ちかわり手伝いに来ていた。

結社「砂金」に入っていた高木泰子さんは、社員のような嘱託のような存在だったが、臨時のアルバイトも数人来ていた。社長の郷里の友人で元警察官の片桐庄平さん。社長の愛弟子の関口芙美子さんと斎藤さんという女性。「古今」の島有道さんの奥さん。それに元郵便局員だった田中さんという高齢の方もおりおり発送業務にたずさわっていた。

片桐さんはとても恥しい方、気を使われる方で、仕事を終えるとぼくや村山豊君を呑屋に誘ってくれた。給料の超安いのを知って、ぼくたち呑助を慰めてくれるのである。もっともご本人も「俺が苦しい時代の石黒を救ってやったのに、俺をアルバイトにして恩返しをしているつもりなんだよ」と愚痴っていたこともしばしばだった。

『人間の小屋以前』という社長の第一歌集があるが、当時の苦しい時代の社長を支えた一人は片桐さんだったらしい。そんな汚れた小屋に近い住居にでも住むことのできたのはある呑屋のママさんのお蔭だったという説もあったが、かつての同朋・片桐さんがかなり面倒をみたらしい。

関口さんは知る人ぞ知る小田原出身のプロレタリア系の詩人・福田正夫の娘さん、社長が代表の「山上」という雑誌に属し、社長の片腕のような存在であった。

こんなこともしばしばであった。社長とぼくと新聞社の前の喫茶で企画の打合せをしていると、関口さんが入って来られた。すると社長は「あとは君に任すから、戻って考えてくれ」と言うのである。なんと、もっとも大切な次号の誌面の打合せなのに時々来られている女性のために打合せを放棄するとは……。

そう思わざるを得なかったが、当方も内心は気分が楽になり、勝手にテーマや執筆者を考えることが可能だった。

その関口さん、先年亡くなられたがぼくとは八年におよぶつき合い。本誌「短歌往来」をずっと購読していただいていてくれたのである。

島さんの奥さんを除き、上げた方々は皆さん亡くなられてしまった。先にも記したアルバイトの斎藤さんという方は、今も九十歳を越えて元気らしい。歌人で玉城徹氏を私淑していた小林サダ子さんからそのことを伺った。

前にも触れた村山君は労働条件の厳しい新聞社をとうとう退き、写植専門の仕事を始めたのだが、五十代で癌に冒され急逝してしまった。とても思いやりのある善人だった。新聞社では主に発送全般の仕事に従事し、バイクで書物を運ぶのが主な任務だった。村山君から聞いたエピソードをひとつ紹介しよう。

短歌新聞社では昭和五十年頃より「現代歌人叢書」という全三十九冊におよぶ叢書を刊行していた。四六判のソフトカバーで第一巻は佐藤佐太郎の『海雲』、最終刊は五味保義の『冬の羊歯』である。前川佐美雄や前登志夫、寺山修司も含まれている充実したシリーズであった。

その三十一巻目は大西民子さんの『石の船』で、昭和五十一年の五月に刊行されている。本が出来た知らせを聞き、大西さんは喜んで新聞社に駆けつけたという。大西さん五十代初め頃であろう。その本を数十冊すぐに持って帰りたいとの希望で、バイクをやる村山君が大西さんを後ろに乗せ、歌集とともに大西さんの住む大宮駅近くの堀ノ内まで乗せていったという。風の強い日だったらしい。

ようやく自宅に到着し、村山君がバイクの後ろを振り返ると超ビックリしたというのである。大西さんでない別の女性がぴょこんとバイクの後ろに座っていたというのだ。「大西さん?」と声をかけたら「ありがとう」の声は確かに大西さんだった。こう言っては大変故人に失礼だが、大西さんの化粧は確かに厚かった。

その厚い化粧がバイクに乗って強風を受けている間に剥がれ、別人のようになってしまっていたというのだ。

村山君ははじめ本当にビックリしたらしい。一時間前に高円寺で乗せた女性が、一時間後には別人になっていたのだから。なんだか、安部公房の小説の一場面を思い出させるような話であろう。

もちろん大西さんにそのことのお話を出来る筈もない村山君は、ぼくにそんなエピソードを語ってくれたのである。

後年、新聞社時代を含め独立してからのぼくは大西さんに大変お世話になった。事務所を移転する折も心配いただき「費用かかるでしょ。わたしは持っていても仕方ないから幾らでも融通するから遠慮なく言って」と述べてくれたこともあった。

どなたに対してもそういう気持の恥しい方だったのだろう。こんなエピソードを記しながら、大西さんに詫びている現在である。

『石の船』をゴチャゴチャの本棚から見つけて開いてみた。見返しに達筆のサインの記してあることに気づいた。

丈長く切り来し菖蒲手向けつつ人に知られぬゆかりも過ぎぬ　　民子

及川隆彦様

と。歌集は自選歌集で、『まぼろしの椅子』『不文の掟』『無数の耳』『花溢れゐき』四冊の自選作が含まれている。本の一首目に置かれている作は『まぼろしの椅子』の、

今は誰にも見することなきわが素顔　霧笛は鳴れり夜の海原に

の作であった。

組合結成の動き

前々号にて山口青邨先生の奥さんは及川古志郎の娘さんと記してしまったが、正しくは妹さんであることが分かった。

教えてくれたのは現在「明日香」「短歌21世紀」で作歌している多賀陽美さんである。

多賀さんは古志郎のお孫さんと学生時代からの友人だったそうで、小生の文章を読み、コピーして友人に送ったという。ご指摘いただいた多賀さんやお孫さんにお礼を申しあげたい。

なにしろ三十数年前のことどもを記憶を頼りに記しているので、これからも錯覚や誤認はおこりかねない。

話の続きになるが、多賀さんは昭和四十年代後半に短歌新聞社に勤めていた方である。旧姓今泉洋子さんや村山豊君、それに上岡さんという白髪の老人とともに働いていたことはぼくも知っていた。

当時はぼくらが勤めていた時以上に扱き使われていたらしい。

なにあれ、同じ所で仕事をしていたよしみであろうか、小誌をずっと購読してくれている。高瀬一誌さんの後に「短歌現代」の編集を任されていた毛利文平さんも然りである。

さて、創刊一周年を過ぎ、馬場あき子さんの待望の新連載「鑑賞　晶子の秀歌」も始まった。

アルバイトに来られていた何人かの方々は退き、若い村山君や宇田君もその後いつしか退社していくことになる。働きに見合う給与が出なかったせいであろう。狩野登美次さん、高木泰子さん、それに小生が正社員として残った。

そんな折、田井安曇さんの紹介とかで中年のがっしりしてはいたが小柄な男性が勤めることになった。歌を作っていて、みずから田井さんの弟子と称していた。彼いわく、兄は当時刊行されていた歌誌「短歌芸術」の編集長をしていると話した。

闖入社員（失礼！）否、新入社員の歌人名は茂木純。本名は石田真一といった。それまで何をされていたかは忘れてしまったが、確か、親はかつて三池炭鉱の鉱夫だと述べていた。精悍な感じに見える一方、悪くいえば野暮ったい男に見えた。

狩野登美次さんの隣に座り、主に発送の作業をすることになった石田さん、やはり酒と競馬が好きで、社長不在の時は競馬談義をぼくとよく交わした。

石田さんが入ってきて五日目くらいだったか、石田さんは突然ぼくに次のようなことを聞いてきたのである。

「給与の額を聞いてないけど、貴方はいくらくらいもらってるの？　賞与は？」

「安いに決まってるでショ。賞与なんてあるわけないじゃないですか。月収〇〇くらいですよ。」

「えっ‼　社会保険は？」

「それももちろんなにも無く、失業保険もありません。」

石田さんはギロッと目を向けた。

「狩野さんも給与は安いの?」

狩野さんは笑いながら「ウンウン」とうなずいていた。

「それじゃ退社するか!」

とにかく一と月は働いてみて、受け取った給与を見て考えたらとぼくは返した。

そんな折に、もうひとり浅沼さんという中年の優しそうな男性が社員として現われた。どこぞの会社を五十五歳で退き、もうしばらく働く所を捜していたところだったという。

正社員の若い方をはじめ、三、四名の嘱託の方々が去っていき、新聞社では新聞や雑誌、歌集歌書の発送をする方が必要だったのである。

石田さんが入ってきて一と月を経た。

編集長という肩書きは無かったが、石田さんはぼくを編集長と呼ぶ。ある日、「編集長!組合を作らんか?」と社長不在の折に突然石田さんは叫んだ。

一と月分の見習い給料を受け取り、余りにも低額に肝を潰したらしい。見習い後の給与の額も聞いたらしい。これでは食っていけぬと察したのであろう。

「やろう! 俺が策を考えるから」と石田さんは声を荒げた。

数日後、打合せ通りに社から離れた喫茶店で石田さん狩野さん高木さん浅沼さんとぼくが集まった。

「出版労組の下部組織に合同労組というのがあるから、そこに打診してみる！」と石田さんが単刀直入に言う。

「うまくいくかしら？」と高木さん。狩野さんは成行きにまかせるといった表情。狩野さんはなにしろ高齢だし、安月給でもかまわないといった感じなのである。紙の業界で働いていて、戦前戦後はかなりの顔だった狩野さんにしてみれば、いまさら給与の額はどうでもよく、ただただ社員の一員として新聞社の動きの中に流されてゆくのが精いっぱいであったろう。

浅沼さんは入社して間なく、「おまかせします」の一言だった。

その後、三回ほど内緒で実行に移すべく喫茶店で計画を練った。合同労組は主に講談社の社員で占められていて、その一人、藤井さんという方が最終打合せに来てくれた。

一度で多くの要求を通すのは無理だろうから、失業した折の保険をとにかく獲得しようという計画となった。社員もとりあえずそれだけは要求してみようと納得した。

決行の日までドキドキしながら夢を追った。給与のアップ、失業保険の獲得、有給休暇制度、当然あって然るべき条件は何も無かったのである。

決行の日までふだんと変りなく仕事に励んだ。新聞社ではそうした状況をもちろん知る筈もなく、相変らずたくさんの歌人や歌集を出される人たちが出入りしていた。

団交の朝は来て

短歌新聞社や石黒社長を創立当初からあれこれ支えてきた高瀬一誌さん、残念ながら十一年前に逝去された。後に記すことになるが、ぼくが退社した後の「短歌現代」を背負った方である。

もう一方の大滝貞一さん、高瀬さんとともに社長に知恵をこもごも与えていた方である。だいぶ前に歌誌「古今」を退き、現在は「雲珠」を発行されているが、大動脈瘤で倒れ、昨今はお会いする機会もほとんど無くなってしまった。もう八十歳ちかくになっておられるだろう。

十八年前になろうか。大滝さんご夫婦とともに青森や弘前へご一緒したこともあった。「雲珠」の会員の山下敬子さんの歌集『見送絵の女』の出版会に弘前を訪れ、ねぷた祭を見学した翌日、五所川原から竜飛岬までを旅したのである。

実に楽しかった。太宰治の生家から『津軽』に書かれている日本海の北端をめぐったのである。

話を戻そう。いよいよ社長との団交の日が近づいてきた。五人の社員誰しもがはじめての経験である。合同労組の藤井さんと最終打合せを終え、その朝を待った。

なにしろ小さい出版社、三十一文字の短歌を業とする会社である。それにしては繁盛していて、にもかかわらず安月給の保障ゼロの有限会社。

給与の安いのはまだしも、有給休暇も失業した折の保障もゼロ。小生も雑誌を任されながら、編集長という肩書きさえなし。働く五人の堪忍袋の緒も切れていた。

社を明るくして、新聞社のために、歌界のために、ひいては自分たちのためになるような雰囲気にしようというのが目的である。

翌朝の団交の前夜、すこぶる緊張したことを覚えている。二十代後半の頃、「えろちか」誌を編集していたぼくは、その発行元である三崎書房の経営が破綻し、当時で四千万の赤字のために、債権者会議に出席した経験はあった。

「えろちか」はそれなりに売れていながらも、発禁本に雑誌を含めて何冊かが押収され、あっという間に多額の負債を会社は背負ったのである。

三崎書房はかつて林書店ともいい、シュペングラーの名著『西洋の没落』を刊行した小出版社として知られていた。社長の林宗宏さんはその業界では稀な知識人、京大では大島渚と仲間であった方だ。

因みに三崎書房は現在、ぼくの仕事場の水道橋駅ちかくの三崎町にあり、二十九年前、ながらみ書房を興した目と鼻の先にあった所である。

その債権者会議でぼくは肝を潰した。居並ぶ印刷屋、製本屋、紙屋のトップの方々に「どうしてくれるんだ!」と凄まれたのである。林宗宏社長をはじめ営業部長、ポルノの翻訳で知られていた山下諭一さんとともにひたすら頭を下げるほかはなかった。

製本屋のオヤジは机をドンドン叩き、落とし前をつけろと威嚇する。立て直して少しずつ借金を返していくと頭を下げるほかは無かった。

そんな経験と今回の団交は質が異なるとはいえ、あの時以来の緊張感を抱いたのは確かである。

一九七八（昭53）年、七月か八月の暑い日だったように思う。十時半頃に出社する社長を待った。すでに労組側の代表藤井さんをはじめ同士三人の方々も新聞社で待っていた。

「皆さんは私たちが社長にお話を聞いてもらってから意見を出して下さい」と述べた。

十時半、いつものように社長は帽子をかぶって新聞社のドアを開けた。一瞬、見知らぬ三人が座っているのを見て、「どなた？」と声をかけた。

三人はそれぞれ名刺を社長に差し出し、「合同労組の藤井と申すものです。わたくしは〇〇です。私は〇〇です」と慣れた口調で挨拶をした。

社長が驚いた表情をみせたことはいうまでも無い。まさに青天の霹靂という表現がピッタリの瞬間であったろう。「何？」と社長はややドモった声で聞いた。

労組の代表はわたくしたちの要求をたんたんと社長に話し始めた。社長はタバコをたて続けに吸い始めた。緊張をほぐすためだったであろう。

石田さんは「社長！　そういうことになりまして、是非、条件を呑んでください」と述べた。本来はどちらかというと臆病のぼくも「社長、よろしくお願いします」と発言した。

社長は震えている感じでタバコを吸いつづけていた。「ウウン、そうかネ。こっちの事情もある」とかなんとか、声は小さくなっていた。

三〇分くらい経た頃であったろう。藤井さんは「社長をはじめ、社員の皆さんとお話合っていただき、是非、条件のひとつでも二つでも与えて下さい」と述べた。さすがに労組のトップの落ち着いた口調であった。

狩野登美次さんや高木泰子さん、浅沼さんはずっと沈黙していた。石田さんとぼくは「ご一考していただければ幸いです」のひと言。一時間余りの間に社長は十本くらいのタバコを口にしていた。

労組の藤井さんは「社員と話しあって、納得のいかない折はまた来ることにしますから」と言って、帰っていった。

労組の帰った後、社長と社員はしばらく沈黙していた。かかってくる電話に応じる他はその日はずっと静かであった。

社長は帰宅してから奥さんと相談したにちがいない。どんな話をしたのだろう。

数日後、社会保険労務士の方が新聞社を訪れた。労組の方が依頼したのであろう。わたしたちと保険についての話をした後、労務士は社長と直談判で話し合ったらしい。

やがて労務士は失業保険の手続きをするというので、書類を持ってふたたび現われた。

それだけの権利を得ることが可能になっただけでも嬉しかった。あとは何が取得できるのだろう。

新聞社の隆盛

労組の方々を含めた団交を終えた翌朝、われわれ社員も不安は隠せなかった。社長がどんな態度を示すか、どのような表情で社に現われるか、ともあれいつものように出社し仕事に向かった。

社長もいつものように十時半過ぎにドアを開けた。ジロッと社員を睨みつけることはなく、やや下を向いている。短歌業界のボス的存在と称されていた社長も根は気の弱い方なのであろう。

社長にとって昨日の朝は正に青天の霹靂であったにちがいない。

「社長！　昨日は失礼しました。よろしくお願いします」と石田さんが早々に頭を下げると同時に、われわれもまた、「お願いします」と小さな声を発した。

社長は小声で、「ウン」と呟いたようであった。

新聞社にとっても社員が一挙に去られてしまっては社は成り立つはずもない。社長はそう直感したであろう。十日ほど経て、失業保険作成のための書類を受けとることが出来た。まず、社の税理士さんに相談したのであろう。あるいは親しい歌人に経緯を聞いてもらったのかも知れぬ。

失業保険獲得が叶えられただけでも嬉しかった。有給休暇、賞与のことは先々にしようと社員で話し合った。

ひと波瀾の生じた新聞社であったが、会社はいよいよ盛況の毎日を迎えていた。伝統があり、廉価で刊行している「短歌新聞」は二万近くの発売部数に達しており、月々の歌集歌書刊行も多い時には十七、八本の受注があったからである。

社員は受け取っていた給与の一・五倍、あるいは倍をいただいても十分に採算の取れた状況であったかと思われる。

当時の同業他社を見ても、角川書店は七〇年代半ば近くに「新鋭歌人叢書」を刊行してはいるが、歌集出版はほとんど手をつけておらず、全国の歌詠みの歌集は「短歌研究社」や「新星書房」、たまに「石川書房」から出てはいるもののほとんどは短歌新聞社が独占していたといって過言ではなかった。

ただ、中静勇さんの不識書院がなかなかシャレた装幀の歌集刊行を始めており、七〇年代後半の昭和五十三年頃からは冨士田元彦さんが雁書館を興し、尖鋭で有能な若い歌人たちの歌集歌書を刊行しはじめていた。

冨士田さんとは以前からのお付合い、新宿三丁目にあった呑屋の詩歌句をはじめ、モッサン、歌舞伎町の小茶などのバーや居酒屋でたびたび梯子酒を共にしていた。

互いにヘビースモーカーで酒呑み、編集者として大先輩の冨士田さんとはいつも前衛系の歌人たちについてあれこれ語り合った。

雁書館や冨士田さんについて記すと、どうしても脱線してしまうがお読みいただきたい。

「心の花」の会員である小紋潤君は雁書館がスタートした頃から冨士田さんの元へ行ったと記憶している。彼は昭和四十年代後半は波書房という小出版社に勤め、そこを退いて『昭和萬葉集』のアルバイトをしていた。

その厖大なアンソロジーの手伝いをした後は、山本友一さんの興した九藝出版へ冨士田さんとともに入った。しかし、社は二、三年で倒産。間もなく彼は同僚だった冨士田さんの興した社に入ったのである。

小紋との縁を語ればきりのないことになるが、彼は昭和四十年代の後半ちかくに出会った男。「心の花」の歌会でたちまち意気投合した仲である。

痩せていて長崎訛りのある青年だった。「及川さん、東京へ来てずいぶんになるけど、旨い活きた魚を喰ったことがないんです。どこか連れてってくれませんか?」

当時、東高円寺のボロアパートに住んでいたぼくは、早速ちかくの居酒屋へ小紋を案内した。その店は主人が釣りをしていて、釣った魚を食べさせるのが自慢。活きているイカやアジを小紋は呑みながらむさぼるように食べていた。

「旨かったとです。久しぶりです。」

小紋とは爾来、四〇年ちかくもの間、酒を共にした。ほとんどはぼくの奢りであったが、小紋はたまにぼくの好物のクサヤや取ってきたノビル、誰かに貰ったであろう銘酒を持参してくれた。

後に「心の花」に入ってきた谷岡亜紀君も然り。彼とも三十有余年のつきあいであるが、おそらく彼が呑代で支払ったことは皆無であろう。

競馬好き、酒タバコ党、女好きのぼくに経済的余裕のあった時などあるはずもないが、頼られれば仕方ない。酒代だけは別のポケットに入れてある。

話を戻すことにする。失業保険の権利は得たものの他の要求についてはそのままの状態で終わってしまった。石田さんや浅沼さんの給与はほとんど据置きだったらしい。

数ヶ月後、いつの間にか二人は退社していた。失業保険の保証は得たものの、旧態依然たる社の暗い雰囲気に嫌気がさしたのであろう。

それでも新聞や雑誌は評判が良く、いよいよ新聞社自体の繁栄はつづいていた。社内の決して明るくはない雰囲気を知らないせいであろうし、そんなことは無関係の歌人諸氏があいかわらずよく新聞社のドアを開けた。

地方からは岡部文夫さんが北陸から、頴田島一二郎さんが関西から、山村湖四郎さんは長野から、谷邦夫さんは栃木から、といった方々であった。

「アララギ」の小谷心太郎さんもおりおり来られていた。新聞社のある高円寺は中央沿線の駅、その沿線に住む玉城徹さん、片山貞美さん、野北和義さん、白石昻さんも時々姿を見せた。

田野陽さんや岡山たづ子さん、樋口美世さんも高円寺近くの方、たびたび訪れていた。

頴田島さんは小説家としても知られていた方、和服姿がよく似合った。地方から名の知れた歌人の訪れる新聞社、さすがに社長の長年のキャリアと人望の厚さを見せていた。

九段花見のエピソード

二ヶ月ちかくも準備して組合を作り、ようやく失業保険の権利を獲得したにもかかわらず、いつの間にか石田さんも浅沼さんも社を去ってしまった。

失業保険の権利を得たものの、他の条件は呑んでくれないと確信したのだろうと思われる。狭い歌の業界と肌のふれ合わなかったのも因であろうか。

浅沼さんのその後は知る由もないが、石田さんは後のち指圧師をめざしたと聞いている。「アララギ」の歌人大河原惇行氏は指圧師だが、氏の父親からその道の専門学校を紹介してもらったらしい。

なるほど、組織に合わないと実感したにちがいない石田さんらしい選択であろう。

ここで話は十年後のことになる。ぼくが独立してながらみ書房を興して三年目くらいのことだったか。恒例にしていた九段の花見の会に石田さんが突如姿を現わしたのである。花見の会は今も延々と続いているが、当初は昭和一九年生れの会の方々が中心となっていた。

石田さんは一九年生れの内藤三郎くんという歌人と親交があり、内藤くんに誘われての参加であった。内藤くんと呼ぶのは他でもない。大学時代からのぼくの知人だからである。ぼくは文学部だが、彼は社会学部。母が太田青丘主宰の「潮音」に属していたことから、彼もその大結社に入っていたと聞く。

学部が異なるのになぜ彼を学生時代から知っていたのか、今は記憶にない。ただ小柄でどちらかというとても女性に持てそうもない彼が、狭い市ヶ谷の構内で四人もの女子大生を連れて歩いていたことを鮮明に覚えている。

「アイツが、四人の女性を!」とぼくの友人が現場を指さしてくれたのかも知れぬ。

後年、彼は左翼系に近いイメージだった三枝昻之氏の興した結社「りとむ」の会員となったが、三枝氏が転向(?)して宮中の選者となると同時に退会したと聞いている。

石田さんと内藤くんは高崎線沿線の北本あたりに住んでいて、それで知り合ったにちがいない。

さて、九段花見の当日はあいにく天候が悪く、雨が心配された。十年ぶりに颯爽と石田さんは内藤くんとともに神社の境内に顔を見せた。

大島の紬を羽織っている。決まってる!とビックリした。「ごぶさた、ごぶさた、格好いいですネ。天気が心配だけど、楽しく呑みましょう」とぼくは石田さんに述べた。

「元気そうだな、儲かってる?」と石田さん。

境内の土の上に大きく拡げたマットの上で十数人の歌人たちが呑みはじめた。花見会の常連の一九年会のメンバー、大島史洋や御供平佶、古谷智子さんもいただろうか。林田恒浩は常連。小高賢も遅れて現われた。一九年会以外では佐伯裕子さんも来られていたと記憶する。

他には谷岡亜紀くんや森本平くん、山下雅人くんも来ていた。

雨がとうとう降り出し、やがて勢いを増してきた。宴会の呑み会をそこそこにして千鳥ヶ渕の満開の桜並木見物へと移動した。

並木の細道をそれぞれバラバラになって桜見物をしていると騒ぎがあった。

「誰かお堀に落ちたぞ！」という声を聞いたのである。間もなく、どうやら石田さんがお堀に落ちたらしいという情報が届いた。「それで？　どの辺か！」と一緒に歩いていた仲間と心配気に辺りをウロウロしていると、すでに谷岡くんと森本くんがどこかからロープを借りてきて、ドブンとお堀に落ちた石田さんの元へ下ろしているという報が入った。

万一のことがあれば花見の開催者としての責任重大の小生であったが、酔っていたせいか、何食わぬ顔で細道を歩いた。大丈夫だろうと高を括っていたのであろう。我ながら悪い奴だったと後になって大いに反省した。

谷岡くん、森本くんの助けにより石田さんはロープにつかまり何とか這い上がってくることができたらしい。

ズブ濡れのまま石田さんは内藤くんとともに近くの喫茶店に入り、衣服を少し乾かしてから二人でタクシーをつかまえたことを知った。

後で知ったのであるが石田さんは心臓の病があり、あと数十分お堀から出られなかったら危なかったという。

神社の周囲はトイレの数が少なく、加えての人混みでどこも満員。止むなくお堀の手摺を越え、ひそかに斜面で用を足すつもりだったようだ。

十年ぶりにお会いした大島紬姿の石田さん、決まっていると感心した矢先の大ハプニングである。何ともお粗末で人騒がせな行為であった。

助けた谷岡くん森本くんの素早い行為は表彰ものである。二人ともまだ若かった。どこからロープを借りてきたのであろう。

九段花見の会はその後もずっと続いている。ながらみ書房花見の会となり、今は境内で一週間ほど許可されている多くの屋台の前を一軒貸し切り、毎年五十人くらいの歌詠みが出席している。

雨の日、嵐の日もあった。嵐の日は最後まで残った五人ほどが桜の樹にテントを掛け、その下で立って呑んだこともあった。

昨年は日本を離れて四十年ぶりに日本の桜を見たいとの希望で、アメリカのサンノゼから青木泰子さんも姿を見せてくれた。

今年のお花見もドシャブリ。にもかかわらず出席予定者五十人のすべての方々が参加された。八十七歳の永田典子さん、体調の思わしくない土井紀枝さんはご主人に連れられて遠く大磯から足を運んでくれたのである。バケツをひっくり返したような夜であったのに。

十月某日、人騒がせな石田さんが突如小社へ現われた。和服姿である。知人の車に乗り、この欄でぼくが記しているのを聞き雑誌を求めに来られたのだという。老いて八十五歳になっていた。

木俣修先生のこと

新聞社へ入って二年が過ぎた。たった二年なのにかなりの人たちが去っていった。発送や整理をする人が足りず、狩野登美次さんや高木泰子さんもてんてこ舞いの日々であったろう。

中年のおじさんが早速入ってきた。苗字は白石といったが、名前は忘れてしまった。発送や事務が主な仕事である。職安をさがして入ってきたといわれる。

しばらくして、今度は若い男性が現われた。花沢和夫といい、中央大学をこの春に卒業したという。就職難の時代、大学は出たけれどのご時世だったろうか。

去っていった村山君とはその後もしばしば会って呑んだ。花沢君とも話が合い、彼が入って間もなく高円寺や新宿の小便横丁で呑んだ。小説や詩集をよく読み、吉本隆明が好きだと言っていた。

隆盛を迎えていた新聞社は人が足りなかったのであろう。しばらくしてもうひとり青年が入ってきた。

国学院大学出身の松原武司といった。花沢君は細身の感じだが、松原君はやや太り肉であった。早々、花沢君をふくめて三人で高円寺や新宿で呑んだ。

若い方と酒を呑みたいのとともに、新聞社のあれこれについて話しておきたかったからである。

話はそれるが今も賑やかな新宿西口の小便横丁、本当は思い出横丁というのだそうだが、亡くなられた田中小実昌さんの説ではゴキブリ横丁というのが正しく、小便横丁はかつて東口へ通じる地下道の脇にあった十軒ほどのバー街を指していうとうかがったことがある。どれもマッチ箱のような小さなバーであった。そのうちの一軒のバー「紀文」において、昭和四十年代初めの冬、福島泰樹と小生が大酒を呑んでいて、大雪の中、佐佐木幸綱兄を多摩川から呼び出したのである。「バカヤロー！」と入ってくるなり怒鳴られたことがあり、歌人の田村元氏によればひとつの伝説になっているらしい。

小実さんはかつて新宿周辺で野師もやっていた作家で翻訳家。たぶん正しい呑屋街の名称を知っていただろう。ぼくが二十代の頃、エロスの雑誌を編集していた時の常連執筆者で、ゴールデン街「まえだ」でたびたびお会いしていた。

さて、「短歌現代」は何とかかんとか創刊二〇号に達していた。社長は写実派好みの前衛嫌い、それを承知の上での月刊誌編集もかなり慣れてきた。

昭和五十四年新年号にようやく塚本邦雄の巻頭二十五首を飾ることもできた。「麒麟玲瓏」と題された数首を今も鮮明に記憶している。

すさまじきもの霜月のうまごやし、うまのあしがた、うまのすずくさ
玲瓏として十二月惨敗のラガー等燠《おき》のごとつどひける
天正十年六月二日けぶれるは信長が薔薇色のくるぶし

イメージが鮮烈で一首が大きい。締切りの前日か当日にきっちりと作品の届いたことを覚えている。その後の依頼の折も締切りはきっちりと守られる方で、編集者にはまことにありがたい方であった。

三十六年前のその号の目次を見ると十首ずつ次の方々が作品を寄せている。土屋文明、鹿児島寿蔵、葛原妙子、五島茂、大悟法利雄、小暮政次、大西民子、頴田島一二郎、原三郎、鈴江幸太郎各氏である。皆さん亡くなられてしまった。そういうことかと今さらながら感慨ぶかい。

随筆は井上光貞（歴史学者）、竹西寛子（作家）、廣末保（国文学者）の三名。新年号ゆえに新春随想も依頼した。春日井建、北原隆太郎、逸見久美、上村占魚、金子兜太、片山貞美の各氏。ご存命なのは竹西寛子、逸見久美、金子兜太の三氏である。時の移りの無常を感じざるをえない。

連載物は木俣修「明治短歌史」が二十回近くとなり、玉城徹「源泉としての近代短歌」や馬場あき子「晶子の秀歌」も回を重ねていた。さらにこの新年号より阿部正路氏の「悲劇の歌人たち」が始まっている。

木俣先生は多忙で締切りはいつもギリギリ。毎月、井の頭線高井戸の「風鳥居」と呼ばれるお宅へ原稿取りに行った。しな子夫人から玄関で原稿を受けとるのである。

後年、最終回の稿を受け取りに行ったときだけ、書斎に入れてくれた。「長い間ご苦労だったな。今の仕事はどうか？」などと述べてくれたことを覚えている。

書斎から見える庭の樹々や草花を誉めると、とても喜んでくれた。「編集者は宝だ！短歌界のために頑張って欲しい」と強く励まされ、歌会始めでいただいたという金紙の煙草を頂戴した。お話の途中に叱られてしまったこともある。十代半ばに木俣先生の白秋の講演をある高校へ聴きにいったことを話し、以降、短歌に強く興味を持ったことを述べ、今は「心の花」へ入っていると述べると、「佐佐木君のところか！　なぜ「形成」に入らなかったんだ！」と一喝されたのである。

確かに「形成」に入っていても不思議ではなかった。ぼくたちの青年期は木俣先生の論作にわたる全盛時代、その大きな存在感に魅きつけられた方々も多かった。昭和十八年生れの久保田登、ぼくと同じく一九年生れの林田恒浩、外塚喬、中村節子、橋本千恵子の各氏である。まだおられるであろう。

ここで先生がおそらくぼくのことを詠んでくれたと思われる一首を紹介したい。昭和六十年に短歌新聞社刊行の歌集『昏々明々』から。

門の扉《と》をおほふ白萩雑誌社の若きひとりのめでゆきしとふ

いつも玄関で奥さまから手渡しされる原稿を受けとった後、とてもきれいな萩を誉めたことを記憶している。夫人からそのことを聞き、詠んでくれたものであろう。光栄である。

当時の先生は、現在の小生よりたった二つ上。未だに軽々しい小生に比べて何と大きな存在であったのだろう。三、四十年前の先人は多くそうだったのだろうが、やはり歌人として、学者としての威風がそう思わせるのであったのだろう。

ユニークな随筆欄

前回は昭和五十四年の初め頃のことを記した。少し戻るが、その前年の十一月、新聞社は「短歌新聞創刊二十五周年」の盛大な祝賀会を中野サンプラザで催していた。岡野直七郎氏の乾杯で始まり、五島茂、太田青丘、加藤克巳、前田透、宮地伸一、木俣修各氏らをはじめ三〇〇名もの出席者があった。

尚、昭和五十三年には現代歌人協会が新しく創設した「現代短歌大賞」第一回の受賞者として、佐藤佐太郎の『佐藤佐太郎全歌集』(講談社)が当時の歌人協会理事長の近藤芳美氏から贈られていることも記しておきたい。

「短歌現代」は創刊三年目を迎えて、いよいよ軌道に乗っていた。編集者のぼくも三十代半ばの働き盛り、社への不満は多々あったものの月刊誌ゆえ仕事はヤルっきゃなかった。

昭和五十四年一月号には随筆欄に歴史学者の井上光貞、作家の竹西寛子、国文学者の廣末保各氏の文章をいただいている。

数号前から企画したこのエッセイ欄、かなり高名な文人たちを起用したことを自負している。三方ともジャンルは異なれ尊敬している方々。

私事ながら竹西先生は後年、小生を日本文藝家協会会員に大野とくよさんと共に推挽してくれた方、かねてから作家、随筆家として尊敬していた方である。今も健在で活躍されている。

廣末先生は大学へ入った一年目の担任の教授。芭蕉や西鶴研究の第一人者である。小柄な先生だったが、授業は迫力があり、芭蕉のメタフィジカルな詩的行為を熱く語ってとても魅力があった。

今日、法政大学総長を務めている田中優子さんは廣末先生の秘蔵っ子、江戸文学のプロパーであり、田中総長は従ってぼくの日文科の後輩となる。五十八歳で逝去した朋友の小笠原賢二の後輩ということにもなる。

六大学ではじめての女総長、まして、法大は大内兵衛から谷川徹三、有澤廣巳総長ら大物が担った伝統と実力のある総長の歴史があり、どんな役割を果たされるか注目されるところであろう。

先輩であるぼくは直接お目にかかったことはない。関口宏司会の6チャンネルの「サンデーモーニング」のコメンテーターとしてのお顔を見ただけである。かなり出来る江戸文学の研究者とうかがっている。

ここまで記したら、五十数年前の大学時代の教授陣の顔が浮かんでしまった。

当時の法大日文科の教授陣はまことに個性豊かな人材が揃っていた。漢文学の長澤規矩也、中国文学の太田青丘、古典の西郷信綱、益田勝実、近世の廣末保、近代現代の小田切秀雄、西田勝各先生である。

長澤先生は今日、歌誌「ぷりずむ」を編集されている長澤ちづさんの養父、言うまでもなく太田先生は「潮音」の主宰であり、現「潮音」の代表木村雅子さんの父である。

他にも仏文には清岡卓行先生、宗左近先生（本名・古賀照一）を揃えていた。清岡先生ははじめ詩人で有名なあの先生とは知らなかったが、そうだと知ると、早速授業後に「喫茶店へ連れてって下さい」とお願いしたことがある。「後楽園へ行く用事があって……」と言われる。セントラルリーグの一年の公式試合の日程を作っているのだという。後で知ったのだが、先生は「日本野球連盟」に就職したことがあったという。ビックリした。

独文にも詩人の山本太郎、英文は荒正人先生らもいた。なつかしい教授陣、存命なのは西田勝先生だけとなる。

だいぶ脱線してしまった。ここまで触れてこなかったが、「短歌現代」では創刊号からグラビアページとして目次の後に「グループ・ライバル」の写真を掲載してきた。石黒社長は業界紙のプロ、いいカメラを持っていて、歌人の写真をよく撮り、それをひそかに自慢していた。

なかなかの腕前で、石黒社長ほどみずから歌人諸氏を写してこられた方はいないであろう。この昭和五十四年一月号には、グラビアとして同人誌「十弦」の仲間が写されている。「十弦」、そう、薄い同人誌であったがぼくも記憶している。白の表紙にタイトルだけのいかにも同人誌らしいものだった。この「グループ・ライバル」には、井並敏光、長谷川富市、大橋秀昭、平野久美子、川田由布子、吉岡生夫、小池光の七名が写っている。十一月十九日、渋谷の路上にてとあるから、同人諸氏は渋谷駅の近くで勉強会をし、近くの場所でたぶん石黒社長に撮られたものであろう。

もちろんモノクロだが、皆さんとてもよく撮られている。平野久美子さんとは今もおりおりお会いするが、瘠せていてちょっと平野さんとは思えない。川田由布子さんは現在、「短歌人」の発行所の方として活躍されているらしいが、やはりとても若い。小池さんも当然今よりもはるかに若いが、どなたかは一目瞭然、吉岡さんも分かるが、長谷川富市さんは名前を隠したら不明かも知れない。

なにしろ三十六年前のことである。後年、石黒社長も疲れてきたのか、ぼく自身がこのグラビア・ページの撮影に何回か行くことになる。歴史は一瞬である。こうした歌人仲間の記録といったものも大切な仕事と思う。

「短歌現代」はいつの間にか通巻二十一号に達していた。

「鑑賞　晶子の秀歌」を連載されていた馬場あき子氏が巻頭作品「ふぶき浜」二十五首を寄せてくれた。氏は当時五十代はじめ、歌人としていよいよ充実した作品を発表しはじめた頃であったろう。

歴史の谷間世の隧道も走りぬけ海に吹雪は消ゆ静かなり
捨て船と捨て船結ぶもがり縄この世ふぶけば荒寥の砂
渚辺は生あるのみの低き屋根雪に曲浦の灯はまたたくを

緊張感にあふれていて、とても力強い連作だと思ったことである。「かりん」を創刊して、いよいよの充実感に満ちていた頃でもあったろうか。

松田修の「感傷論」

前号は馬場あき子作品「ふぶき浜」について触れた。

東高円寺のボロアパートから、二年前に小田急線の百合丘駅近くに住むことになったぼくと馬場あき子さんの住む柿生とは二つ隣りの駅である。

「短歌現代」昭和五十四年二月号後記にぼくはこう記している。

「本号の追こみを前にした休日に、ぶらぶら家の近所を歩いてみた。丘陵地帯でなかなかいい環境である。富士山もくっきり見える。ゆっくりと半時も足をのばしていたら、柿生《かきお》の近くにきていた。この辺に馬場あき子、岩田正夫妻が住んでいるのだなと思いながら周囲を見ると、何だか時代劇に現われてきそうなしんみりした場所である。」

三十五、六年前の多摩丘陵周辺は今よりはるかに人家やマンションも少なく、冬枯れた樹木が生い茂っていたにちがいない。

さて、この号には岡井隆氏に四〇〇字二〇枚以上の評論「戦後短歌の遺産」を記していただいた。「寺山修司の歌には、近藤芳美に通うものがあるということ。茂吉も風俗歌人なる所以。食また住の歌をよむ。風俗って、なんだろうということ。歌謡性を展望するとき。」等々の内容の評論エッセイで、再読するととても興味ぶかい文章である。

岡井さんとは昭和四十四年一月にはじめてお会いしている。氏の勤務先であった北里研究所附属病院へ「心の花インタビュー」のために訪れたのであった。それについては拙著『歌人片影』（はる書房）に収めてある。

岡井さん四十歳頃、ぼくは二十四歳の若輩であった。翌年、岡井さんは九州方面へ忽然と姿をくらました。

それから約十年後、「短歌現代」にかかわったぼくは無性に岡井さんに会いたくなり、かつ作品も作っていただきたく、豊橋の国立豊橋病院に戻っていた岡井さんを訪ねたことがある。

夏の全国高校野球で箕島高校が活躍していた頃だったと記憶している。たぶん、昭和五十四年の八月の終り頃であったろう。看護婦さんの知人が営んでいるというお店に連れていっていただき、久しぶりにお会いできたのであった。岡井さんみずからの運転で案内していただいた。

まだ九州におられた時に、篠弘さんがお会いしていたことは知っていた。健在だったのである。

その夜、たぶん当時の歌人や歌壇のことを雑談したのだと思う。ぼくは休日を利用して、一泊二千円で泊めてくれるという京都のお寺に宿を取っていた。あれから早くも三十五年を経たことになる。

さて、「短歌現代」は随筆欄の他に「詩壇」「俳壇」のページを前年から設けた。「俳壇」は高柳重信、「詩壇」は清水昶両氏にお願いした。両氏とも以前から関心を持っていた方である。短い文章のページであったが、この欄も雑誌が終了するまで筆者を変えながら継続されたと思う。雑誌も二年、三年を経るにつれて、総合誌らしい形を整えていったのである。

同年三月号では「日本人の感傷性」の特集を組んだ。三十一音の文学にかかわっている以上、以前から「感傷」の問題について考えてみたかったからである。

拙歌集の一冊目は『感傷賦』としたのもそんな理由があった。未熟な若い日々の夢を「感傷」のキー・ワードで思考したかったのだと思う。

特集の初めに幾つか「感傷言」と題してそれにまつわる語源を提出してみた。

・感傷　①感じて心をいためること。感じて悲しむこと。②感情の刺激されやすい心的傾向。（新村出「広辞苑」）

・センチメンタル〔英語、Sentimental〕感情的。感傷的。主情的。（大槻文彦「大言海」）

・いのちなき砂のかなしさよ／さらさらと／握れば指のあひだより落つ——この歌をよむたび、私は砂時計を思いうかべる。そして「小時間」と「大時間」の葛藤が孤立した個と村落社会という二本の針をもつ時計へと二重像をえがいてゆくのである。指からこぼれ落ちる砂と、砂時計の砂とは正確さにおいて、おのずからちがったものであるだろう。しかし、砂丘に腹這っている啄木にとっては、こぼれ落ちる砂を見つめているときに、自分自身の時間は感傷へ退行し反生活的な逆の時を刻んでゆくことになるのである。（寺山修司「石川啄木」）

まだまだ感傷言は続くのだがきりもない。本論は国文学者の松田修氏にそのものズバリの「感傷論」を記していただいた。

今の若い歌人諸氏は松田修の仕事を知る方は少ないであろう。元、国文学研究資料館教授で、名著『日本近世文学の成立　異端の系譜』（法政大学出版局）を刊行されたのが法大教授小田切秀雄の目に止まり、法大教授となられた天才肌の学者である。刺青の研究でも知られる。歌人でもあり、二冊の歌集も上梓した。

「感傷」というなかなか厄介なテーマである。ここは松田先生に依頼するしかないと考えた。松田修の「感傷論」は万葉や古今、さらには近代の牧水を知る上でも貴重で大事な論考であった。こんな指摘である。

「哀傷・感傷両語の角逐の上に、日本詩史の実体と観念の永い相剋をみる私の視点が、もし誤っていなければ、語彙としての哀傷は、感情の領域をのみ込んで、日本的情念の重要な一端を担う。亀井勝一郎のひそみに倣っていえば、人間のもっともぎりぎりの文学的テーマは、愛と死であり、それは、しばしば、和歌の世界では、恋を哀傷として部類だてられたのである。――おそらく性急な近代が、宗教・思想の代替代償を安易に文学に求め、文学することが即求道《ぐどう》であるがごとき構造が成立して、シリアスなものが尊ばれるとき、その対極として感傷が、不必要なまでに甘さ・弱さに結びつけられたのである。」

もっともっと続く論考であるが、なかなか難解であった。

「重慶日記」と石川一成の輪禍

一九七九年（昭54）四月号では、はじめて菱川善夫氏に評論を依頼することができた。「表現とは何か」のタイトルで、昨今の現代短歌が想像力を欠いた現況についての批評である。

以降、菱川氏にはその後の本誌「短歌往来」を含めて数々の批評文を寄せていただく機会に恵まれた。社長はもちろん氏の前衛贔屓の批評をあまり好ましく思っていなかったと思われるが、中城ふみ子をよく理解していた方であったから仕方なく傍観していたのにちがいない。

この年の二月十三日には、「藤原定家」を連載してくれていた安田章生先生が逝去された。翌月号で岡部伊都子、新間進一各氏らが追悼文を寄せている。安田先生とは一度もお会いすることは適わなかったが、「定家」の丹念な読みを知り、とても優れた学者だと確信していた。

その四月号では小特集として、「今日の注目歌集・歌書」のページも設けた。今なお読みつがれるレベルの書が上梓されていたのである。

田谷鋭歌集『母恋』（白玉書房）、五島美代子歌集『花激つ』（短歌新聞社）、高安国世歌集『一瞬の夏』（沖積舎）、小池光歌集『バルサの翼』（沖積舎）、三国玲子歌集『蓮歩』（角川書店）

等であり、評論エッセイ集では佐佐木幸綱著『底より歌え』（小沢書店）、福島泰樹著『抒情の光芒』（国文社）、木俣修著『抒情巡礼』（家の光協会）等である。

俊英作品の欄に、花山多佳子、甲村秀雄、佐藤よしみ各氏の名前があるのも懐かしい。

同年六月号からは石川一成氏の「重慶日記」の連載を始めた。神奈川県教育委員会の指令で、中国四川省の四川外語学院へ日本人として初めて日本語の教育、教科書作成などの仕事を遂げるという任務である。

石川さんは湘南高校で長く熱心に教鞭を執られたベテラン教師、「心の花」での大先輩であり、佐原出身であるから郷里も比較的ぼくと近く、長くお世話になってきた兄貴分的存在であった。

ぼくのことを石川さんはいつも筆名の「シンジュさん」と呼ぶ。「シンジュさん、重慶に教えに行くことになった」と聞いた時は「えっ！」と思ったが、石川さんご自身興奮気味にそう言われた。

日中の国交は回復したとはいえ、侵略国の一教師が遠い四川省重慶を目ざすのである。三月三十日から始まる日記は興奮のありさまがうかがわれる。

「出かけねば！　との私の声に親戚知人の顔が集まる。急いで幼稚園以来の私の友人、佐藤光雄氏の車に飛び乗り、成田空港をめざす。おりから雨に加えて風が烈しくなる。制限速度を犯してつっ走る。ようやく空港が見える。」

昂揚感の伝わる出発時のありさまである。「重慶日記」はペラペラの粗末な原稿用紙に毎月記されていた。同じく薄っぺらな封筒が使われていたが、何回かはどうも中国政府の機関が検閲をしたためであろうか、一度封を開けられているように思えた。

帰国した石川さんの話では、それどころか、あてがわれた部屋を留守中に調べられていた気配が何度かあったという話を聞いたこともある。

当時の中国や重慶を知る上にもとても貴重な日記であったが、社長は共産圏中国を好きでなかったのであろう、一年めにしてストップの声が掛かった。仕方なく、続篇は「渝州日記」と題し、「心の花」誌に移して連載することを余儀なくされた。

社長に大変大事な記録なので続けて欲しいと要求したが、所詮は雇われ編集者の立場である。

「重慶日記」の生原稿は今もぼくの戸棚の奥のどこかにあるはずである。

二年間の任を果たした石川さんは日中友好の架橋として大きな足跡を残し、帰国後は神奈川県教育委員会に勤務し、後に厚木高校の教頭の任に就いた。

それから三年後、石川さんは自宅近くに於て、飲酒運転のトラックにはねられた。全身打撲の即死であった。享年五十五歳。通夜、告別式には教育関係、中国の留学生、歌人を含め二千人の方々が参列した。これほどの参列者のあった葬儀は初めて、弔辞を読まれた佐佐木幸綱氏が初めて涙を流すのを見た。

現在、法政大学国際日本学研究所教授の王敏《わんみん》さんは、四川で教鞭を執っていた石川さんの教え子だと聞いている。

「歌壇の要《かなめ》を失ってしまった」とは同じ千葉県出身の片山貞美さんがぼくに述べた言葉である。同世代に近く、とても仲の良かった島田修二さんもきわめて残念がっていた表情を思い浮かべる。

翌年、独立したぼくは早速、石川さんの奥さま恭子夫人と話し合い、遺歌集となったが『長江無限』を刊行、後に「重慶日記」を含めた『石川一成全歌集』をまとめた。

今なお、一成さんが元気でいてくれたならの念いでいっぱいである。

なお、石川さんが不慮の事故に遇われる直前に俵万智さんが「心の花」に入会されていて、石川さんとも会っていたように記憶している。俵さんは神奈川県立橋本高校へ教師として赴任されたが、石川さんの押しがあったとも聞いている。

後に俵さんは『サラダ記念日』で超売れっ子歌人となったが、あの世で一成さんも驚いていたにちがいない。

あらためて記すが、ぼくのショックも大きかった。石川さんが突然死される前に新聞社を年内でやめて、独立する旨を石川さんに打ちあけていたからである。

「よく決心しましたネ、応援します。やるからには、歌の新聞でも作って進んでいったらいいでしょう」と励ましてくれた。「ぼくもどこかの講師の口を見つけて、歌の研究をあらためて全力でしていきたい」と石川さんも言われる。

「互いに頑張りましょう」が、生前、最後の石川さんの言葉であった。

あれから三十一年の月日を経たことになる。

新人賞のこと、阿部正路のこと

一九七九年（昭54）十二月にはこんなこともあった。第七回目となる「短歌新聞新人賞」に浅野富美江さんの五十首が選ばれた折のお話である。

選者は木俣修、佐藤佐太郎、玉城徹、石黒清介の四氏。浅野さんは確か熊本の石田比呂志さんの主宰する「牙」の会員であったと記憶している。

受賞の知らせに浅野さんが大喜びしたことは言うまでもない。ただ、授賞式へ行くための交通費はともかく、泊りの宿はどうしたらいいか、電話をしてこられた。

社長に聞くと、自分で捜して欲しいと言われる。「えっ？」と声を出してしまったがそれっきり。何度も浅野さんから連絡が入り、「安ければどこでもいいので見つけて欲しい」と言われる。

遠方から来られる受賞者の宿を確保しない社には驚いた。仕方なく、阿佐ヶ谷あたりのボロ宿を人づてに聞いて確保した。三千円くらいの宿代である。それでも浅野さんはとても喜んでくれた。往復の交通費（九州から東京）はどうしたのであろう。

賞金は三万か五万くらいではなかったか。浅野さんとはそれ以降、ぼくが独立してからも時々電話でお話をした。いつも、「あの時は本当に助かりました」と言ってくれたのである。

読者の皆さんはふしぎな、変なお話と思われるだろうが、本当の話である。

明けて一九八〇年（昭55）、「短歌現代」はいつの間にか創刊四年目に達していた。社員は相変わらず発送業務を続ける狩野登美次さん、しばらく前から入社していた花沢和夫、松原武司両君、白石という名の中年男性、女性では高木泰子さんがいた。

歴史のある新聞と雑誌を発行し、社はいよいよ発展するとともに、多くの歌集歌書が刊行されていた。

ひとつは「現代歌人叢書」（全39巻）であり、「現代短歌鑑賞シリーズ」も好評を博していた。前者は佐藤佐太郎の『海雲』から五味保義の『冬の羊歯』まで、別巻として木俣修の評論集も含まれていた。

叢書や文庫に歌集が収められるのを殊の外嫌っていた玉城徹の『汝窯』も入っている。社長と親密だった玉城さん、やむなく承諾したのであろう。

この年の一月の新刊書は約十五冊、それ以上刊行される月もよくあり、社の利益は相当の額であったと思われる。それでも社員の給与は低く、毎年多額の税を杉並区に払っていたと思われる。そう、杉並区の高額納税者として周囲に知られていた。

若い社員の二人も愚痴をぼくにこぼしながら、次の勤め先を考えていたのである。

恒松徹くんというアルバイトも入ってきた。この方も田井安曇さんか「未来」のどなたかのルートで来られたのだと思う。母親が「未来」会員で、九州の福岡か熊本在住の方だと聞いた覚えがある。

なにしろ数多くの出版物が毎月あり、パートの方は以前からいる関口芙美子さん、斎藤さんという方、それに不定期ではあったが島有道さんの奥さんもおりおり来られていた。細長い八坪ほどの事務所、まともに歩ける状態ではなかったのであるが。

この年、一九七九年には阿部正路さんからも「悲劇の歌人たち」の連載をしていただいた。明石海人、斎藤瀏、石川啄木、中城ふみ子、岸上大作、岡本かの子、芦田高子、横瀬夜雨、石原純らについて記したものであった。

最終回の稿を取りに来てほしいというので、新宿の喫茶店まで受け取りにいった。お話好きな先生で、あげくにぼくの家で呑もうと誘われてしまった。

千葉方面の総武線に乗ったように思うが市川あたりだっただろうか。

玄関が開くとハッとした。奥さんが和服姿で現われたのである。原稿の遅い阿部先生は時々新聞社まで奥さんに稿を届けさせていたが、いつも奥さんは和服姿、なかなか綺麗な方だと思っていた。

でも今どき家におられる時も和服姿とは……。知人にそのことを聞くと、奥さん自身の趣味ではなく、先生の趣味であると知った。昔はそのような奥さまも多かったであろうが、昭和五十年代の当時ではめずらしかったにちがいない。

日本酒がどんどん運ばれた。明るい先生は時々大笑いし、ぼくの手を握ることもあった。たぶん、ホモの気もあったのにちがいない。話は盛り上った。

かつて新宿東口から厚生年金に向う途中に、「祭」というふしぎな感じのバーがあった。

昭和四十七年頃に同僚と入ったことがある。三崎書房で「えろちか」を編集していた頃で、仕事柄一度行ってみようと思ったのである。同僚はもちろん男性。

広い室内には若い男性ばかり。たくさん並べられているホモの雑誌を誰もが開きながら呑んでいる。ホモのイラストで知られる三島剛の筋肉みなぎる男の裸体である。じっと様子を見ながらビールを呑んでいると、いつの間にか若い男性二人が外へ出て行った。

室内はまことに静か、「やっぱり気持ち悪いな、出て、別の所で呑もう」と同僚と外へ出た。「祭」はホモの雑誌で知られていた「薔薇族」を刊行していた伊藤文學さんの店で、店を名づけたのは他ならぬ阿部正路先生である。

お二人は大学歌人会時代からの仲間で、そのような分野で通じるところがあったのであろう。大学歌人会は、大滝貞一さんや市村八洲彦さん、深井美奈子さんらが中心となっていた会である。

阿部さんと話す時はもちろん「先生!」と呼んでいたが、阿部邸では「祭」の話でも盛り上った。呑みながら相変らずぼくの手をよく握る。やはりホモっ気があったのだろう。奥さんが近くにいてもお構いなしの仕草であった。

「短歌現代」をぼくが退いた後も、大野とくよさんの「じゆうにんの会」などの催しでたまに会っていたが、どこかの階段から落ちて頭を強打したとの話を知った。意外に早く、平成十三年に逝去されている。七十歳に届く頃かと思われる。

『晶子全集』と一九年会の始まり

一九七九年（昭54）十一月には「女人短歌」が創刊三十周年に至った。千代田区のパレスホテルに於て祝賀会が開かれたことを記憶している。

会の中心メンバーの長沢美津、森岡貞香、真鍋美恵子、山下喜美子、岡山たづ子各氏ら二百余名が参加された。

女性歌人の抬頭のめざましい当時、打上げ花火のごとく賑やかな催しであった。その頃であったろう。講談社から木俣修編集による『定本与謝野晶子全集』（全二十巻）が刊行され始めていた。

関心はもちろんあり、欲しいと思っていたが何しろ安月給の身、とうてい毎月の購入は無理であった。しかし、当時発行元の講談社に勤めていた小高賢から購入を勧められ、それならと毎月一冊ずつ『晶子全集』を購入することにした。

全集は木俣先生の監修であったが、お弟子さんの晶子研究家の逸見久美さんがほとんどをまとめたものであったらしい。後年、逸見さんとたびたびお会いする機会があり、全集編纂の苦労話をよくうかがったものである。

一年半、毎月購入した。その『与謝野晶子全集』、たまに開くことはあっても熱心な読者では無かった。本棚にずっと並べたままであった。

それから二十年以上は経ただろうか。その全歌集が古本屋でかなりの高値で置かれていることを知る。全冊二十巻揃、美本のままで七〇万から所によっては一〇〇万近くの値がついているという。

逸見さんはながらみ書房から数冊の歌集を刊行されていて、小社へもよく来られていた。晶子の書簡をはじめ、細部にわたる晶子の書誌学の研究者である。

ある時、「今、晶子の全集が手に入らなくて、わたしの講義している大学の図書館には収められていても、知人の大学図書館には置いてないのよ」と言われる。

たまたま持っていることを述べると、逸見さんは少し驚いたようであった。「その女子大が購入してくれるなら、譲ってもいいんですが」と述べると、「いいの？　聞いてみるわ、きっと購入するはずよ」と言われた。

呑み代や馬券代にまとまったお金を欲しいといつも思っていた小生、「三〇万くらいなら売ってもいいですよ」と逸見さんに告げた。古本屋での高値を知っていたからである。

早ばやと逸見さんから連絡を受けた。その女子大で五〇万で欲しいと言うのだ。話は即決した。小出版を経営している者にとって五〇万は大金。小高に勧められて購入していて良かったと思った。即座にその大学へ全集を送った。

しかしながら、今では『晶子全集』もかなり価値が下がっているらしい。多くの作家や歌人の全集も値は下がっている。芥川だって漱石だって茂吉だってぐんと値は下がっている。

昼下り、仕事場の水道橋三崎町近くの古本屋の前を通ると、ドアの前、つまり外の道路側に土屋文明の『萬葉集私注』全十巻が置かれていた。値札を見ると、なんと一千円！ビックリというより涙が出そうになった。

まだそんなに汚れていない感じである。文明が半生を賭けた研究書が千円！　変な世の中になったものである。千円なら購入しようと思ったものの、そうしなかった。尊敬する文明に、悪いような気がしたからである。逆であろうか。

さて、昭和五十四年当時の話に戻る。この年から大岡信の「折々のうた」の連載が朝日新聞で始まったことを記憶しておきたい。講談社から『昭和萬葉集』の刊行が始まったのもこの年である。

歌集にも収穫のあった年であった。小中英之の『わがからんどりえ』（角川書店）、築地正子の『花綵列島』（雁書館）、佐佐木幸綱の『火を運ぶ』（雁書館）、松平盟子の『帆を張る父のやうに』（書肆季節社）等々である。

この年の十二月末の二十六日であった。新宿のスナックにて三枝昂之、小高賢両氏とぼくと三人で酒を呑む機会があった。何かの会での帰りであったろう。

セバスチャンという名の店で、花園神社の近くであったように思う。「三人とも同世代の昭和一九年生れじゃない」と誰が言いだしたか、ぼくが述べたような気もしている。

ちょうど三十代半ば、われわれ自身を含めて歌壇を短歌を何とかしなきゃいけない年齢だと話が進んだ。アルコールの勢いもあった。三枝は既に『やさしき志士達の世界へ』（反措定出版局）や『水の覇権』（沖積舎）の二冊の歌集を上梓していて、三人の中では歌壇の先輩格、生れ月も一月の三日で兄貴的存在だった。

「俺たち、たまたま昭和一九年生れだ、歌壇にはけっこうこの年生れがいると思う、どうだ、その方たちに声をかけて何か勉強会でもやってみないか。」

誰が言いだしたというよりも、自然とそんな会話になった。何しろ三十代半ば、三枝も当時は血気盛んでアルコールも強かった。

小高と小生はまだ歌集を一冊も刊行していない時である。でもぼくが「短歌現代」を編集していたという便利で有利な条件もあり、同世代への働きかけにはそれほど労を要しなかった。

三人とも上手くいきそうな予感を持った。年が明け、ぼくは社長の留守中に一九年生れの方々に電話連絡をした。三枝も小高もそれぞれに打診したであろう。

翌年の一月二十二日、新宿の大きな喫茶「滝沢」に初めて一九年の諸氏が集まることになった。大島史洋、石田容子、桜井康雄、外塚喬、松延真佐子、御供平佶、そして、三枝や小高と小生である。

大島は「未来」、石田は「地中海」、桜井は「まひる野」、外塚は「形成」、松延は「かりん」、御供は「国民文学」でそれぞれ歌を作っていた。

一九年生れの会（続）

昭和五十五年一月に八名の昭和一九年生れの方々が集結して以来、月々参加者も増えていった。二月に加わったのは俳人の沢好摩である。

以降、三月四月にも新宿のスナック「セバスチャン」で会合を開き、五月二十七日に初めて大島史洋が「赤光・あらたま」について研究発表を行った。場所は外塚喬の紹介で、電電中野クラブに於てであった。

六月は三枝昂之の「正岡子規の歌論」、七月は小高賢の「釈迢空の短歌論」、十月は石田容子の「与謝野晶子短歌の写実性について」、十一月は小生の「現代のリアリズムと三十代歌人」というテーマであった。十二月には忘年会も催している。

翌年からも一九年生れの参加者は増え、中村節子（「形成」）や俳人の坪内稔典、詩人の安宅啓子（安宅夏夫夫人）、有本倶子（「形成」）、古谷智子（「中部短歌」）、齊藤佐知子（「心の花」）らが来られるようになった。

その後も勉強会は続けられ、昭和五十七年九月には奥多摩の水香園にて宿泊合評会も催した。翌年に刊行予定の『モンキートレインに乗って』の合同歌集に提出する作品の合評会のためである。

参加はしなかったが、この合宿の部屋に於て、われわれは初めて坪内稔典の川柳まがいのような俳句に接したのである。「密漁集」と題する五十句であった。

一月の甘納豆はやせてます
二月には甘納豆と坂下る
三月の甘納豆のうふふふふ
四月には死んだまねする甘納豆
五月来て困ってしまう甘納豆

右のような句に集まった方たちのほとんどが、これは川柳ではないかと口を揃えていたことを記憶している。後に現代俳句のまことユニークな一連として評価されたが、当時はまだ『サラダ記念日』も刊行されておらず、ライトヴァースや口語の流行も無かった時代であった。

十月には有本倶子さん宅にて忘年会も開いた。二〇〇四年に刊行された四冊目の合同歌集『モンキートレインに乗って60』の活動記録（草田照子編）を見ると、既に十五名の参加があったと記されている。

以降、内藤三郎（「潮音」）、伊東悦子（「潮音」）、橋本千恵子（「国民文学」）、草田照子（「かりん」）、長谷川富市（「短歌人」）、五所美子（「牙」）、吉宗紀子（「短歌人」）、中野昭子（「ポトナム」）、冨樫榮太郎（「形成」）、板坂彰子（「形成」）、井口世津子（「樹木」）、沢木奈津子（「月光」）各氏らも続々と一九年の会に加わってこられた。

戦争末期に生れた世代、十代から二十代にかけて歌を詠む方が多かったのはなぜであろう。

その年、早くも会の合同歌集刊行の機運が高まっていた。

昭和五十八年一月、集まった歌稿の整理を新築成った下町菊川の小高賢宅で行うことになった。新居の祝もかねてのことだったかと思われる。

数階建ての細長いビルだったような気がする。賃貸マンションも兼ねていた。

合同歌集はぼくの勤めていた短歌新聞社からの発行となり、同年六月一日に刊行された。タイトルは「モンキートレインに乗って」と決まり十七名の参加となった。

同年の八月五日にはその出版記念会を中野サンプラザで催した。岡井隆氏をはじめ二百余名の盛大な催しであったことを今も鮮明に記憶している。

合同歌集はその後も断続的に刊行した。昭和六十二年十月に第二集として『猨歌'87』（ながらみ書房）を、平成四年には第三集の『再びモンキートレインに乗って』（同）を、第四集は平成十六年に『モンキートレインに乗って60』（同）を刊行した。

それから十二年、来年三月にはこれが最後になると思われる第五集を目下進行中である。会を始めてから三十六年、三十代半ばであった各氏も今や七十代である。残念ながら板坂彰子さん、伊東悦子さん、小高賢くんは世を去ってしまった。

昭和二十三年生れの会も、昭和九年生れの会もしばらく前に出来、それぞれの活動を続けていると聞いている。一九年生れのサルの会がどれだけの実を結んだかはともかく、よくここまで続けてこられたものかと、感慨ぶかい。

六回ほどになろうか。旅行もあちこちへ出かけた。新潟の弥彦、箱根、山形、浜松、犬山城と明治村、会津、いつも十五名から二十名くらいの参加であった。来年、ラストモンキーを刊行した後は、たぶん最後となる一泊旅行をしたいと思っている。

名前はこれまで上げられなかったが、他にも小橋芙沙世（「白南風」）、松谷東一郎（「日本歌人」）、南輝子（「眩」）、沖縄の玉城洋子（「紅」）、伊志嶺節子（「紅」）、小林芳枝（「冬雷」）、平田恵美（「飈」）、久保美代子（「コスモス」）、小木宏（短詩型文学）、鶴岡美代子（「軽雪」）、島晃子（「軽雪」）各氏らが加わったことも記しておきたい。

もうひとつ、三枝昂之は第一集のアンソロジーには参加したものの、その後の集に参加することは無かった。

勉強会を始めて数年間は三枝も顔を見せていたが、突然現われなくなったのである。「かりん」の仲間の小高賢とどうも上手くいっていないという噂が流れた。

詳しいことは未だに分らないが、彼が現われなくなってからも毎月、あるいは隔月で研究会は続けられ、今日にまで至っている。

しかしながら、いつも鋭い発言や指摘で会をリードしてきた小高賢は、昨年二月に急逝してしまった。毎回、十五人ほどが集まる会の常連も衝撃を受けたことは言うまでもない。

時代が保守化どころか右傾化を急いでいる折に、そして、歌壇の若い方々がともすると社会に安住するムードの作品を創っている折に、核を貫く文章や発言をくり返してきた小高がいなくなったのは誠に残念としか言いようがない。

小田切秀雄先生とご子息

昭和一九年生れの活動が一九八〇年（昭55）から始まり今日にまで至っていることについて記してきた。少し戻って一九七九年（昭54）後半の「短歌現代」の誌面をふり返ってみる。

創刊二周年記念の七月号は随筆を草間時彦（俳人）、平出隆（詩人）、高柳重信（俳人）の先生方にお願いした。記念号なので、文月随想の欄も設け、小田切秀雄（評論家）、吉増剛造（詩人）、飯島晴子（俳人）、清水哲男（詩人）、しまね・きよし（評論家）、加堂秀三（作家）各先生からも一ページのエッセイを記していただいた。

なかなかの執筆陣だったとふり返って思う。小田切先生はぼくの大学時代のゼミの教授で、卒業後もたまにではあるが手紙をとりかわしていた。「元気でやっているようだね、文章引き受けましょう」と電話をいただいた。

若い時は少しばかり歌を作ったこともあるという先生、近代短歌では啄木や晶子、茂吉の歌の大ファンで、ゼミの授業で熱く語っていたことを記憶している。

進歩派左翼の近代文学の文芸評論家として、戦前から活躍し、戦後、「歌の条件」を発表した方だ。桑原武夫や小野十三郎より前に主に短歌の前近代性や歌壇の在り方を批判したことはどなたも知っていよう。

世間で思われているような堅物の方ではなく、教え子にとても面倒見のよい先生であった。有能な教え子のまとめた文章を小出版に持ちこんであげたり、一冊にさせたりすることも幾たびかされていたことを知っている。

法政大学は戦後、どの大学より先駆けて通信教育の制度を設けている。昨年今年と大学の日文科の同窓会の名所散策に出かけたぼくは、そこで何人ものオバさんたちと出会い、多く通信教育を受けて卒業していることを知った。

どなたも小田切教授にやさしく懇切に教えてもらい、融通をきかせてくれて卒業できたとおっしゃる。彼や彼女たちは小田切先生のあたたかい指導と熱意で一応大学卒業の資格を得ることができたというのだ。先生を悪く言う方は誰もいなかった。

「文学をこころざす方は徹底的にラディカルに核心に迫らなければいけませんが、夢やいくらか甘いロマンチシズムを持っていることも大切です」。先生の忘れられないことばである。

「短歌現代」では後に道浦母都子さんの『無援の抒情』について高く評価されていたこともあった。

弟さんは日本近代文学館設立の立役者で立教大教授だった小田切進先生。「弟はどういうわけか温厚でね、ぼくのように誰とも論争するようなことはしないんだ」とゼミで述べていたことも思い出す。

奥さんはお医者さんで、目黒で小田切医院を開業されていた。二度ほど、ゼミの同僚と伺ったことがある。

蛇足ながら記すと、ご子息は小田切有一氏と小田切統二氏。有一氏はＪＲＡ（中央競馬）界の馬主である。有一氏の馬名のつけ方はユニークで、ＪＲＡの中で、競馬ファンの中で小田切さんを知らない人はいないであろう。

昨今ではジンセイハオマツリ、ウソハッピャク、ワシャモノタリン、オマワリサン、オレハマッテルゼ、ワナ、ナゾ、カゼニフカレテ、ニコニコママ、ガッチリガッチリ、オメデトウ、ドモナラズ、等々、上げればきりが無い。

かつて、ノアノハコブネという牝馬では二十八頭中、二十一番人気でオークスを制し、大穴を出したことでも知られている。

「息子はどうして馬主にまでなってしまったのか？　ぼくも分らなくてネ……」ある日、小田切先生はそう述べていた。

長男の小田切有一氏とは、秀雄先生を偲ぶ会が目黒の五百羅漢で催された折にはじめてお会いした。先生と似て大柄な方であった。統二氏もやはり馬主で、鶴川サナトリウム病院の院長である。

随想のもう一方の吉増剛造先生は、住いが近かったのか、原稿を高円寺の新聞社にまで持参していただいた。「吉増です」と狭い社内に入ってこられた時はドキッとしてただ「恐縮です」としか返事ができなかったことを覚えている。「お時間ありましたら、前の喫茶店でも」と言うべきが、あの『黄金詩篇』（思潮社）の伝説的詩人の不意の訪れに緊張してしまったのだろう。

清水哲男さん（以前から知っていたのでさんと記す）は締切りギリギリまで原稿が届かず、電話して中野のマンションまで稿を受け取りに行った。清水さんとは後年、「抒情文芸」誌の二十五周年、三十周年、三十五周年の宴で共に司会をする役目を負わされている。

かつては河出書房に勤務し、小野茂樹さん、高野公彦さん、佐佐木幸綱さんとも親交のあったことであろう。大の巨人ファンで、野球チームを持っていたと記憶している。弟さんは先年亡くなられた詩人の清水昶さんであることは皆さんご存知であろう。

加堂秀三さんは当時売り出し中の作家、亡くなられたが、「個性」で活躍されていた田中佳宏さんか水城春房さんから紹介を受けたと思う。

なお、前年の一九七八年（昭53）末には小池光氏が第一歌集『バルサの翼』（沖積舎）によって第二十三回現代歌人協会賞を受賞されている。才能ある若手の登場であった。

あらためて記すことになろうが、この年前後は第三の総合誌「短歌現代」の創刊を含めて、短歌史に残る歌集歌書が次ぎ次ぎと刊行されていたことも記憶にとどめたい。

馬場あき子主宰の「かりん」の創刊、伊藤一彦第一歌集『月語抄』（反措定出版局）、河野愛子歌集『鳥眉』（短歌新聞社）、岡井隆歌集『歳月の贈物』（国文社）、岡野弘彦歌集『海のまほろば』（牧羊社）、永井陽子歌集『なよたけ拾遺』（短歌人会）、花山多佳子歌集『樹の下の椅子』（橘書房）等々である。

日本人の季節感

「短歌現代」の随筆は詩人や作家に毎月登場していただいた。新年号には別に「新春随想」として、五、六名の他ジャンルの名士にも記していただいている。

一九八〇年（昭55）の随筆は詩人の関根弘、作家の立松和平両氏に、随想は上林暁（作家）、赤尾兜子（俳人）、上田正昭（歴史学者）、桶谷秀昭（評論家）、北川透（詩人）、梶木剛（評論家）の各氏へお願いした。

関根弘といっても石黒社長は知らなかったが、ぼくの好きな詩人で、プロレタリア系ですと述べると、素直に承知してくれた。

原稿を取りにきてくれと電話があり、新宿青梅街道の成子坂下の脇道の長屋のような玄関の前に立った。

すると、写真で見たことのある関根さんがドテラ姿のままのっそりと現われた。十一月末だったから寒い日だったのだろう。貧乏詩人といったら失礼だが、思った通りの格好と表情にホッとした。

立松和平さんは福島泰樹から、上林暁さんは高知出身の国見純生さんから紹介していただいたように記憶している。

梶木剛さんは大学の先輩、かつて「歩道」にも入っていて佐藤佐太郎の研究や茂吉や節もよく研究されていた。晩年も「アララギ」系の歌人の著書を短歌新聞社から多く刊行した。相談を受けて、短歌新聞社が合うことをぼくが示唆したからである。

ごつい身体をしていて酒もよく呑んだが、今の世にしては早く亡くなられてしまった。なおこの新年号の歌人作品には、木俣修、柴生田稔、宮柊二、葛原妙子、齋藤史、馬場あき子、大野誠夫、武川忠一、築地正子、三国玲子、上田三四二、巻頭に玉城徹各氏らより作品を寄せていただいたが、ご存命なのは馬場あき子氏ひとりだけ。三十五年の年月の無常を思い知らされる。

この年の三月号では「日本人の季節感」という特集を組んだ。われながらタイムリーな企画だと思っている。季節はもともと俳句の用語らしい。特集のたびに設けてきた二ページほどの扉のエッセンスを集めるのは大変であったが、まだ若かったせいであろう。さまざまの書物や雑誌から引用している。

たとえば安田章生氏の『日本の歌ごころ』(講談社)から、

「〈馬追虫の髭のそよろに来る秋はまなこを閉ぢて想ひ見るべし〉——じつに繊細な感覚の歌である。こういう繊細な感覚によってはじめてとらえることができるような、微妙に繊細な味わいが、日本の季節の移り変わりにはあるのであり、そのことを、この歌は美しく示している。」

吉本隆明の「季節論」(月刊エディター・日本エディタースクール)からも引いた。

「季節はそれほど自明な概念ではない。季節の概念が成立する以前にも自然は温暖と寒冷とを繰返していた。けれども季節は移り変る循環とはみなされずに、生と死のように二分された概念でかんがえられていた。不思議なことに自然は原始的にも未開的にもきわめて主観的にあらわれる。人間が思い込んだとおりに季節はあらわれたのである。人間に生と死があるように、自然にも生と死があった。春と夏とは生の側にあり、秋と冬とは死の側にある。あるいは逆であった。温暖、火、水、色彩をどう秩序づけるかによって何れのばあいもありえたのである。」

長い引用になったが、とても示唆に富んでいる指摘であろう。

そして、この号は作家の野口武彦氏の「日本的季節感の原型」、詩人の北村太郎氏の「町の季節」、俳人の飯島晴子氏の「現代俳人と季節」、詩人の秋谷豊氏の「辺境の季節」について等々の評論やエッセイを記していただいた。

小生も三十代半ばを少し過ぎたばかり、体力もあり、編集者として社長にかまわず企画を立て、かなり高名な書き手に依頼することが出来た。稿料の安さに依頼をおじ気づくこともしょっちゅうであったが、ひたすら「すみません」を口にした。

この特集のもうひとつのメーンは、金子兜太、佐佐木幸綱両氏による対談を催したことである。創刊以来二年半を過ぎ、はじめて俳壇の重鎮と歌壇の先鋭による対談が実現した。社の近くの高円寺会館の一室で催した。速記は三井ゆきさんにお願いした。

金子さんは当時六十歳を少し過ぎた頃、佐佐木さんは四十代初めの頃であったろう。対談はのっけから興味ぶかい話題に終始した。「季節感の主体的捉え直し」、「地域と季節」、さらに「性欲と季節」の話題に入った。自然の四季が肉体にどうかかわるかという問題である。

金子さんはこう述べた。「年とともに中年から壮年の女性が好きになってきた。若い子はだんだんショーベンくさくなってきてね。若い女の子では、自分の好みのタイプに持っていくのに手間がかかる。めんどうくさいという感じが働いているんです。この面倒くさいというやつはひとつの老いの現象じゃないかと思う。」

佐佐木さんが「表現はどうか、性欲のない時のほうが性欲的な句を書きたくなるとか」と問うと、金子さんは、「そこはまだはっきりしていません。しかし、老年のピカソが克明に女性の陰部を描いて、ついに肛門部の毛までも描いていたように、表ぎって性欲のない状態のほうが、女性の直接の部分への関心がつよくなり、連られて美しくも見えてくる、ということはあるんじゃないかな。」

対談は「年齢と季節」の話へさらに移った。佐佐木さんは「ぼくはまだちょっと若いのか、秋に桃の花を思い出すというより、いま、一月下旬に桃の花を思うことがあります。ちょっと先走って、もうひとつ先の季節を思うところがありますね。良く言えば明日に生きているみたいな。」

金子さんは「中年の頃はそうでしたね。先の季節のものを思う。最後は半年くらい先のことを思うようになって、気付くと、じつは半年昔のことを思っていた。」

話はさらに興味ぶかくなっていった。

金子兜太&佐佐木幸綱対談

「日本人の季節感」についての金子兜太、佐佐木幸綱両氏の対談は興味ぶかいものであった。前号に少し紹介した「性欲と季節」の話は「年齢と季節」、「形骸化した歌謡曲の季語」、「肉体と季節感」等々の話題に移り、「俳句の本質はアニミズム」という発言が金子さんより提出された。

土俗をめぐるテーマは昭和四十年代後半に岩田正を中心に活発に討論されたが、歌の雑誌でアニミズムについて話し合われた記憶はない。少し長くなるがお二人のお話を引用してみたい。

金子　小林一茶、農民出の俳諧師の誰でもが知っている〈やれ打つな蝿が手をすり足をする〉。この蝿は、夏の季語としての蝿ということでなくて、蝿そのものの姿ですよ。それを彼は見ていてつくった。そうすると、いきなり季節感と言わないで物象感というもの、物そのものの感じというか、そういうものも一ぺん考えておきたくなる。物そのものの、つまり物の自然をとらえることによって、季節感もまた痛切によみがえってくるということで、この蝿なんかには、夏の季節というよりは、季節そのものの実感がある。その物象感をとらえる場合、一茶でいえば農民特有のアニミズムが見受けられます。日本人には、農耕民族の歴史もあるから、アニミズムに恵まれている民族だともいえる。

佐佐木　俳句は本質はアニミズムなんではないですか。

金子　そうなんだよ。アニミズムを無視して俳句をつくるなと言いたいくらいです。アニミズムによって物に触れていける、季節にも触れていける人間でなきゃ、こんなに短い形式の中ではことばも物も生かされないと思う。

佐佐木　アニミズムにおけることばというのはどうなんですか。

金子　ことばの質をとらえる能力の一番芯にあるものがアニミズムだと思うくらいなんです。これがあると、物の自然にも触れてゆきやすい。肉体のなかの本能といったけど、この本能とアニミズムが重なる。

佐佐木　つまり、ことばのない世界、反論理の世界ですね。その時ことばってどうなっていくんですか。

金子　物の反映としての発声。せいぜい発語。とにかく、あくまでもことばプロパーではなくて、物が先行すると思う。

佐佐木　そうすると、金子さんがおつくりになる歳時記というのは、ことばの歳時記ではなくて、物の歳時記ですね。

金子　そうです。それが初原のことば。そして、物に思いがこもったことば。発声や発語の段階の物をそのまま映した状態に、思いをこめてことばを完成する。それが普遍性をもてたらすばらしいが、これは保証しがたい。しかし、自然をとらえ得ていれば可能になる。自然が閉ざされている現代人にとっても、可能性はあると思う。

対談は「日本人の気候風土と文学」に及び、アニミズムの持つ重要性について語られた。お話を聞きながら、短詩型の表現がともすると安易な想像力やテクニックに移行しようとしていた時代、とても大事で核を射ぬいた発言だと直感した。

この世のあらゆる事物や形がそれぞれ独自の霊や魂を有している現象、これを認識することなしに表現の可能性は見当らないであろう。

対談をうかがっている時、小生は三十代半ば。二十代の頃に興味ぶかく読んだ岡本太郎の『沖縄文化論――忘れられた日本』（中央公論社）を思い浮かべていた。

アニミズムという表現そのものは岡本太郎の文章に出てこなかったように記憶するが、内容は沖縄国のギラギラした風土や風景に飛びこんだ画家が、当地で触れた儀式や風習にアニミズムとも呼ぶべき衝撃を受けたエッセイだったと覚えている。

三島由紀夫がなぜこの書が読売文学賞を獲れなかったのか、と怒った逸話も記憶に残っている。

対談の最中、もうひとつ思っていたことは、戦後の前衛派と称された俳人と歌人がなにゆえにアニミズムという霊や魂にかかわるテーマになっていったのか。一茶の句は分かっても、もうひとつぼくには不明であった。

しかし、後年、佐佐木幸綱は『アニマ』（河出書房新社）というそのものズバリのタイトルの歌集を刊行している。

爺杉《じいすぎ》の中のこだまを呼びにきて若きあかげら若き首をふる

小面となりて在り継ぐ檜《ひ》のアニマむかし浴びにし檜のやまの雪
聖性の病まざりし日の詩の尾根を啼きわたりにし秋風の猿

「アニマ」の見出しから三首引いてみた。「後記」にはこう記されている。「〈アニマ〉はラテン語で、生命、魂を意味する語であった。〈小面となりて在り継ぐ檜《ひ》のアニマ〉この歌でも、生命すなわち魂の意味で用いている。〈アニマ〉は、アニマル、アニミズム、アニメーション、アニメートといった言葉に展開するわけだが、そのおおもとの意味と考えていただければいい。

続けて幸綱はこう述べている。

「一年間のオランダ生活を終えて帰国してから、私は、折にふれてアニミズムということを発言してきた。〈短歌は始原的にアニミズムを表現する詩だった〉〈いま、切実なのはアニミズムである〉」と。

引用した作品三首、若き日から幸綱の歌に親しんできた小生にとってもなかなか難解だと思われる。実際、この歌集の「解説」を記された大島史洋も「非常にむつかしい歌である」と述べ、「若きあかげら」は実景で遠い日への作者の思い、二首目は「若い女性の面として存在している檜にアニマを見ている」と記している。

金子兜太との対談が後々、アニマを作歌のモチーフとしテーマとしたことは十分考えられよう。初期の力作「動物園抄」にその萌芽がすでにあったともいえようか。

啄木特集や佐太郎のこと

「日本人の季節感」の特集の次号はやはり日本人を付した「石川啄木と日本人」の特集を組んだ。一九八〇年（昭55）四月号である。

この特集の執筆陣もなかなか豪華だったと思っている。『一握の砂』について岡井隆氏が、『悲しき玩具』は佐藤通雅氏、他に玉城徹、清水昶、安森敏隆、佐佐木幸綱各氏が「時代閉塞の現状」や啄木の技法について記してくれた。

「啄木と日本人の意識」についてのエッセイも各界の著名な書き手に依頼した覚えがある。小田切秀雄、松田修、近藤芳美、松永伍一、秋山清、宮川寅雄、及川均、嶋岡晨、野田宇太郎各氏らである。

啄木の一首についても、山口青邨、中西悟堂、杉浦明平、遊座昭吾、冷水茂太、大西民子各氏らにお願いすることができた。

安い稿料で、よくこれほどの名士が稿を引き受けてくれたものだと思う。小生もまだ若かったせいで強引な依頼が可能だったのだろうか。現在ならこれだけの執筆陣を揃えるのはとても無理だと思われる。

今も記憶に鮮明に残っていることがある。啄木の特集ゆえ、どうしても土岐善麿先生に一筆記していただきたく、思い切って電話をかけてみたのである。

「ハイ。また啄木ですか?」のご返事。「もう啄木はいいのじゃないか」と、結局断わられてしまった。初めて聞く先生の声、九十代半ばの年齢だったであろう。あるいは土岐善麿の特集を願っていたのかも知れない。先生はそれから三ヶ月後に逝去されてしまった。お会いする機会は無かったが、お声だけでも聞けて嬉しかったことを覚えている。

この特集号では三人の執筆者の方々と直接お会いして原稿を受け取った。ひとりは小田切秀雄先生で、「大学の教授室に来てくれたまえ」と言われ、久しぶりに母校法政大学の門をくぐった。「頑張っているじゃないか」と励まされ、上田三四二さんの小説と歌のお話をした記憶がある。

もう一方は詩人の秋山清先生宅へうかがった。場所はどこだったか忘れてしまったが、部屋の中や階段は書籍や雑誌で埋もれていた。左翼系の詩人特有の人の良さ、思っていたとおり人間味あふれる方だと思った。六〇年安保では吉本隆明らと連帯した方である。

三人目はやはり詩人の及川均先生で、名字が小生と同じ。「原稿を受け取りに参りますので、同姓のよしみで先生の家の近くで一杯やりましょう」と約束した。

この時もお会いした場所の記憶は無いが、居酒屋で呑みながらお話したことをよく覚えている。

先生の出身は岩手県水沢市、北上川が近くに流れる米作地帯とうかがった。啄木の生地、渋民ともそう離れてはいない所であろう。

そう言えば現在、生活の党を代表する小沢一郎さんも水沢の出身である。長く本誌の目次をレイアウトされていた菊池大作さんも水沢出身だと聞いたことがある。均先生はいかにも東北人らしく、どちらかというと寡黙で内向的な方であった。小沢さんはどうであろうか。

この特集号より先年逝去された梶木剛氏の「佐藤佐太郎論」の連載を始めた。前にも触れたが、梶木さんは大学の先輩、一時「歩道」にも入っていて、主に茂吉や節ら写実系の歌人についての著書を多く叙した方である。佐太郎論となれば石黒社長も大喜びで連載に賛成してくれたのは言うまでもない。

連載のタイミングも良かった。なぜならちょうどその頃、昭和五十四年度日本芸術院賞に佐藤佐太郎が選ばれたからである。石黒社長も大喜びしたが、「歩道」の秋葉四郎氏をはじめ川島喜代詩、尾崎左永子、田中子之吉、長澤一作、田野陽各氏らも嬉しかったことであろう。

田野陽さんは短歌新聞社の近くに住み、よく新聞社へ顔を見せていた。奥さんともども「歩道」の会員。奥さんの名は陽子さんで、主人が陽で奥さんが陽子、まことにふしぎなめぐり合わせであろうか。田野さんの父親は九十九里の長生郡生れ、奥さんも九十九里の大網あたりの出身と聞いたことがある。

新聞社の近くに「大《だい》」というスナックバーがあり、田野さんはよくこの店に通っていて、小生も田野さんや「歩道」の方々とよく呑んで唄った。亡くなられてしまったが、川島喜代詩さんの歌う北島三郎の艶歌は素晴らしかった。

日本橋倶楽部に勤めていた「歩道」の福田柳太郎さんとも呑んだが、氏はあっけなく亡くなられてしまった。確か、上田三四二さんの小説にも登場していたように覚えている。秋葉四郎さんと呑む機会の無かったのはなぜだろう。田野さんとはある距離感があったのかどうか。

田野さんとは小生が独立してから今日まで親交はつづいている。何度も大病に冒され危うかったが、今もきわめて健在。三十年前、小生が独立した折の年にも日大病院へ田野さんを見舞ったことがある。

かつての田野さんは、「佐藤佐太郎」の名を口にする時、いつも緊張して、いささか震えているような時があった。大師匠の存在って、そんなに大きいものかと思ったほどである。その頃であった。筑摩書房から『現代短歌全集』全十五巻の企画が打ち出された。明治、大正、昭和（但し四十五年まで）に刊行された歌集から二六〇冊余りを選出しようというもので、先の講談社による『昭和萬葉集』につづく大きな企画であった。編集委員には上田三四二、大岡信、岡井隆、岡野弘彦、佐佐木幸綱、島田修二、新間進一、塚本邦雄、武川忠一、本林勝夫の十氏が担った。

本誌で現在「浪々残夢録」の連載をされている持田鋼一郎氏も当時は筑摩の編集者、この企画で前登志夫や何人かの歌人と打合せをしたことを聞いている。

後世に残りうる立派な函入りの選集であり、小生も毎月購入した。これだけは今も古本屋さんに売らず大事にしている。

ジャーナリズムと短歌

一九八〇年（昭55）は、先にも記したように昭和一九年生れの会が発足し、月々研究会を行った。三枝昻之、大島史洋、御供平佶、外塚喬、小高賢、そして小生も加わっていて、現在も続く勉強会である。

この年の四月十五日には、明治・大正・昭和の三代にわたって歌人、ジャーナリスト、国文学者として活躍された土岐善麿が九十四歳で死去された。

歌人集団「中の会」の発足したのもこの年であったと記憶する。春日井建、岡井隆らが中心となった会である。

「短歌現代」七月号は通巻三十九号となり、早くも創刊三周年に至った。その作品特集には、土屋文明、木俣修、近藤芳美、太田青丘、前田透、岡井隆、片山貞美、千代國一、真鍋美恵子、頴田島一二郎各氏らを中心にお願いした。岡井氏以外はすべて故人となられている。

四月に大往生を遂げた土岐善麿の追悼ページを組んだ。かかわりのあった冷水茂太、中野菊夫、篠弘、秋山清各氏へ臨終記や生涯の軌跡を記していただいたのである。

随想は益田勝実氏や瀬木慎一氏らに依頼した。益田先生は小生にとって大変な恩人である。後にも記すことになるが、先生の古代歌謡の講義を受けねばならぬのに、すっかり忘れていて一年間一度も授業に出席しなかったのである。

卒業まぢか、大学側から呼び出しがあり、単位不足で「あなたは卒業できません」と通告されてしまったのだ。頭がまっ白になった小生は脱兎のごとく益田先生の教授室へ飛びこんだ。

「アルバイトに明け暮れていまして、本当に申し訳ありません」と弁解した。「何とかなりませんでしょうか」と頭を下げるしかなかった。

「半月で三十枚の論文を書いて見せて下さい」と先生はやさしく述べてくれた。ありがたかった。何を書いて提出したのか、今でも全く記憶にない。とにかく懸命に書いて、あらためて教授室へうかがった。

後日、「よろしい」の御返事をいただいた。まさに恩人である。お元気な時に、毎年贈り物をすべきだったと今も後悔している。

現在なら確実に卒業できなかったにちがいない。ただ、当時の日文科は良家の女子大生が多く、学園闘争も盛んで、懸命に授業を受けたり学んだりする風潮でなかったことも幸いしたのだろうか。

当時から小生は友人と古本屋をめぐり、酒を呑み、後は家の中でゴロゴロして授業に出るのは稀であった。

美術評論家の瀬木慎一先生にエッセイをお願いしたのは、先生の奥さんの日向あき子さんをよく知っていたからである。やはり美術を専門にしていた方だが、江戸時代の風俗や枕絵をよく知っていた。雑誌「えろちか」を小生が編集していた頃に何回か依頼したご縁である。ご夫婦とも亡くなられてしまった。

さて、この年の八月号「短歌現代」は他所では見ることのない「ジャーナリズムと短歌」の特集を組んだ。石黒社長ご自身もベテランの新聞ジャーナリストであり、小生もさまざまの雑誌にかかわってきた経験からの発想であった。

この企画で異色だと今も思うのは、篠弘、冷水茂太、藤田武各氏の編になる「昭和・短歌ジャーナリスト小辞典」の項である。

篠さんからは、赤塚才市、秋山実、石本隆一、小野昌繁、加藤守雄、楠田敏郎、斎藤勇、斎藤正一、千勝重次を紹介していただいた。

冷水茂太さんからは、石黒清介、大橋松平、鎌田敬止、木村捨録、久保田正文、大悟法進、中村正爾、柳田新太郎、渡辺順三を、また、藤田武さんからは、片山貞美、杉山正樹、中井英夫、冨士田元彦、舟知恵について、各氏の生年や出身地や携った編集者としての仕事を紹介していただいたものである。

総合誌として、編集者、ジャーナリストをほとんど網羅したこのページは今でも大変貴重な資料であろう。

小生も三十代半ば、まだ気力もあり、多くの資料を集めながらこの企画に賭けた。「現代ジャーナリスト発言」の項目も立て、当時、編集者として各分野で活躍されていた方々にも原稿をお願いした。

例えば「俳句評論」や「俳句研究」を編集していた高柳重信氏に、『昭和萬葉集』担当の菅野匡夫氏に、筑摩書房編集部の持田鋼一郎氏に、詩の雑誌「地球」を編集されていた秋谷豊氏に、「読書人」で活躍されていた小笠原賢二氏に、有斐閣編集部の屋代洋氏に、といった方々である。

名前をここで取り上げるだけで懐かしく思われる。

「アンケート」の項目も立てた。①短歌ジャーナルの姿勢 ②ジャーナルの存在意義についてである。

高野公彦氏はこう答えている。「実作者がなすべきことは、ジャーナリスティックな風潮を見定めて、それに便乗するかしないか、それだけだと思ふ。むろん、見定める人は、そんなものに便乗しない人であらう」と、そして、「ジャーナリズムに或る程度のつからない人は歴史に残らない。これが口惜しいところ」と。

菱川善夫氏は「啄木の〈時代閉塞の現状〉ふうに言うなら〈既成〉に対する盲目的服従と過去への回顧をやめ、青年の心を、明日の組織的考察にむかって集中させることを第一の課題として編集すべきである。明日のためにいま何が必要なのか。明日の必要から今日を批判し、さかのぼって過去を撃つ批評の確立こそ急務」と断言された。

なお、この号のグラビア「結社の編集部」には前田透主宰の「詩歌」の方々が撮られている。透主宰をはじめ、荻本清子、角宮悦子、井辻朱美各氏ら、皆さんお若い。お話に小社へよく来られた前田芳彦さんの顔もある。

九十九里浜の三歌人

今月は短歌史の枠をはずして、思い出話を記すことにする。「短歌現代」の編集にかかわって三年くらい経た昭和五十五年頃の一泊の旅の話である。

ぼくが千葉県の東端の九十九里生れということについては、今までも記してきた。それを知り、歌壇では大先輩ともいうべき二人の歌人が会うたびに親しげに話しかけてくれた。ひとりは片山貞美氏であり、もうひとりは椎名恒治氏である。片山さんは八年ほど前に亡くなられてしまったが、椎名さんは今も健在。本年、九十二歳になられる方である。

片山さんは椎名さんより二つくらい上の年齢であったろうか。お二人とも千葉県の東端銚子育ちで、椎名さんはたしか椎名浜と呼ばれる場所が原点だったのかも知れない。

片山さんは銚子の銚子商業を出られていて、そこから意外にも国学院大学へと進まれた。はじめてそのことを知った折、ぼくはちょっとビックリしたものである。

意外にもと記したのは理由がある。あの戦前の漁師に多くなった生徒たちの集団で、野球でも「黒潮打線」と呼ばれた銚子商業出身の方が、東京の折口信夫と縁のふかい国文学の国学院大学へなんて、ぼくにはとても信じがたいことだったからである。

今でも信じがたい。世の中が大きく変わったとはいえ、銚子商の方が国学院へなんて、ちょっとありえない、と思っている今の小生がかなり古いのだろうか。

ともかく、ぼくがお二人の出身地に近い総武本線八日市場から野栄の浜の方の出身と知って、「一緒に三人で九十九里へ行って呑もう」という話となった。

片山さんと短歌新聞社の近くの高円寺で呑んだ折に決まった話のように記憶している。「椎名を呼ぼう、それで、君の野栄には鈴木康文さんがいるから、そこにも寄って一緒に呑もう」という話となった。

椎名さんに早速連絡すると喜んで快諾となり、一泊二日で八日市場の野栄から銚子へ出ようということになった。

椎名さんは当時、歌誌「地中海」の重鎮、片山さんもその主宰者香川進さんとは長い付合いであり、少しの間、「地中海」にも縁があったはずである。

同郷の気ごころの知れた三人、もちろんぼくはお二人より二十数歳も若かったが、片山、椎名両先輩ともまだ五十代後半か六十代初め、三人ともすこぶる元気であった。

ぼくの田舎の隣村である堀川という所にお住いの鈴木康文先生のご自宅へ、早速電話をし、三人ともどもおうかがいする旨を話した。康文先生は当時九十代半ばに近かったであろうか。とても喜んでいただき、ぜひ浜の近くにある旅館望洋荘に泊まっていって欲しいとまで言ってくれた。

荒海の他、何もない九十九里浜であるが、砂丘の奥に小さな旅館が作られたばかりで、そこに三人をお連れしたいというのである。

昭和五十五年三月二十九日、三人で東京駅で待ち合わせ、八日市場回り銚子行の総武本線に乗った。

片山さんと椎名さんは二人の師であった頼真和尚の所へ寄ってから、鈴木康文翁宅で再会することにしたのである。ぼくは野栄川辺のオジさんの家に寄り、したたかに呑んでしまった。隣村の康文翁宅へ田舎の人に送ってもらったが、その時はもうへべレケ、康文宅では呂律がまわらなかった記憶がある。

片山さん、椎名さんもタクシーを拾って康文宅へ現われた。この辺では康文翁はもちろん名士、タクシーの運転手で知らぬ者はいない。なにしろ百歳近くで亡くなるまで自転車で村を動きまわり、おまわりさんから注意を受けていたほど元気な方であった。村では大地主としてもよく知られていた。

ちなみに小生の親父の兄の奥さんと康文翁の奥さんは同級生ということもあり、親しくしていたと思われる。村では文芸にかかわる長老として一目置かれていたが、詩や短歌や文学にかかわる方は田舎では変人として周りから思われていたことも事実であった。

さて、康文翁宅の庭は広く、多くの植物が花を咲かせていた記憶がある。四人でその日、郷土の話や短歌の今日、過去について大いに話し合った。

呑み過ぎてなにをお話したのか、今はまったく覚えていない。日が昏れて四人で浜の宿へ向かった。

拙著『歌人片影』（はる書房）の「片山貞美」の項目でぼくは次のように記した。

「昭和五十五年三月二十九日、三人で東京駅で待ち合わせ、それぞれ実家に行ってから鈴木康文翁宅で再会することにしたのである。その夜は九十九里浜の前にある野手の望洋荘という旅館で、康文翁を混じえ四人で語り、飲んだ。テープにでも収録しておいたら、少しは千葉の文化の進歩に役立っていたかも知れぬほど話は弾んだ。保守的な千葉歌壇や千葉の文化の動向を左右しかねないほど、四人は千葉の国《せんよう》について語りあったのである。しかし、風呂に入り朝を迎えると、わたしの頭はズキズキで昨夜の楽しく盛りあがった会話はすべて忘れてしまった。」

九十九里の堀川の浜近くに康文翁の歌碑がひっそり建っている。九十九里の浜をもっとも多く詠まれた歌人で、結社「橄欖」での功績もとても大きい。

千葉県といえば伊藤左千夫や古泉千樫をすぐに思い浮かべよう。今日なら、清水房雄、大坂泰、日高堯子、米川千嘉子、秋葉四郎、久我田鶴子各氏であろうか。

しかし、鈴木康文について紹介されている本は少ない。三省堂が十五、六年前に刊行した『現代短歌大事典』にも翁の名前は出てこないのである。

まことに残念。椎名恒治さんが、やはりそのことについて怒っていたことを思い出している。

岡井隆・馬場あき子対談

一九八〇年（昭55）も半ばを迎えようとしていた。短歌新聞社では七回目となる講演会を新聞社の新人賞とかねて催した。

会場はいつもの通り新宿の安田生命ホールに於て、吉野昌夫、馬場あき子、太田青丘の先生方にお話をお願いした。馬場先生には与謝野晶子の連載を記していただいたので、もちろん「晶子の世界」についてのテーマであった。

前登志夫主宰の「ヤママユ」の創刊されたのもこの年である。また、教育出版センターからは「心の花復刻版」全七十九冊も刊行の運びとなった。「アララギ」や「詩歌」につづいての復刻版である。

新聞社はいよいよ活気を呈していて、第三次の歌人叢書も秋口から刊行されることになる。大悟法利雄、千代國一、扇畑忠雄各氏らの中にあって、若い河野裕子の含まれていたのも特色であろう。社員の給与や働く条件は最低にちかい状況であったが、新聞社は「短歌現代」創刊四年目で順調、歌集歌書刊行はいよいよ盛んで、月に二十本ちかくの刊行の時もあった。杉並区の税務署も目を光らせていたにちがいない。

新聞社の内外の雰囲気もあったにせよ、やや勝手な企画を立ててきた小生は、ここで社長も好みそうな特集を一本立ててみることにした。「健在！　80代・90代歌人」というタイトルである。

今では80代の歌人もまったく珍しくはないが、三十五、六年前の歌壇では80代といえばかなりの年齢であった。90代では前号に登場した鈴木康文翁や信綱の弟子の安藤寛翁もこの号に登場されている。

作品を寄せていただいた主な高齢歌人を上げてみる。前記お二人の他に、朝吹磯子、山村湖四郎、飯田莫哀、丸山忠治、野原水嶺、佐沢波弦、泉甲二、田口白汀、清水乙女、内田守人、鈴江幸太郎、下村照路、辰巳利文、結城健三、武田全の各氏である。

一部の方々だけを上げてみたが、この方々をご存知の方、何人くらいおられるだろうか。もちろん若い方々はほとんど知らないであろう。五十七名の参加であったが、すべての方がだいぶ前に他界された。

さて、翌月号の特集は、「女流歌人と戦後の文化」について企画した。岡井隆、馬場あき子両氏の対談を中心とした特集である。両氏とも五十二歳の一月生れ、その折の写真を見てもとても若々しい。たしか、池袋あたりの静かな場所だったと記憶している。対談直前、馬場氏は和服に着がえられた。岡井氏との対談、気合いを入れるためだったろうか。

対談は岡井氏の開口一番によって始まった。

岡井　今までなん回か女流の特集があったでしょう。そのたびに反発するわけ。そんな男女の差をつけなくてもいいじゃないか、この間もね、玉城徹さんの「うた」の大会によばれていって、あすこは比較的少人数でしょう。少数精鋭で男性がかなりいるかもしれないと思って行ったけど、九割、もっとかな、ミドル・エイジ以上の、女性なわけよ。ぼくはそれでいいと思うよ、いいと思うんだけど、いまの短歌人口を支えているのは女性じゃないか。去年から頼まれて方々へ行って話しをするわけだけど、行って聴衆を見渡すと……。

馬場　おれは何でここへ来たんだろうと思うんでしょう（笑）。

岡井　そうそう花が咲いていていてさ、その間に枯木がぽつぽつと。

といった内容から始まった。対談は「男性的文体と女性的文体」、「子宮の思想は成立するか」、そして、「現代女流歌人の方向」などに話がおよび、お二人の内容の濃いお話に納得したものである。

確か石黒清介社長も同席していた記憶がある。当時から歌界の代表的存在であったお二人に敬意を表したかったのであろう。対談を終えて呑みながらの食事に、話は盛り上がり、馬場さんの誘いだったろうか、たしか、和光市に住む三枝昻之、今野寿美の若夫婦の所へ行って呑もうということになった。

呑めるのならと、当方も岡井さんも一緒にタクシーの人となった。

馬場さん主宰の「かりん」創刊三年目くらいであったろう。岡井さんも九州への逃避行から名古屋へ戻り、そして、東京に戻っていた頃かと思われる。

結社「かりん」はおそらく馬場さんや岩田さんを中心に、その頃から活躍を始めていた三枝昂之、今野寿美ご夫婦に将来を託されて活動されていた頃であったかと思われる。

三枝、今野若夫婦の新居に着いた三人は楽しく呑み話しあった。

この機会にと、小生は岡井さんや馬場さんに色紙を書いてくださいとお願いした。三枝昂之氏もそのように願ったと覚えている。

小生は、岡井さんへ「歳月は」の作品を欲しいと願った。三枝氏はなにを頼まれたか。〈歳月はさぶしき乳を頒かてどもまた春は来ぬ花をかかげて〉。今も大事に箪笥の奥に収めてある色紙のひとつである。

詠まれた時から一瞬にして暗誦できた一首で、人生の男と女の滋味をこれだけストレートに、そして謎めいて詠まれたリズムにとても魅かれていた作であった。

なぜか、馬場さんに色紙を記していただいた記憶はなく、実際、わが家のどこにも馬場さんの書は見当たらないのである。

その夜はおおいに盛り上がった。後に聞けば、馬場さん今野さんの休まれた部屋はちゃんと鍵がかかっていたという話を聞いた。

さんざん呑んでいた小生が、狂ってお二人の部屋に闖入する怖れも無きにしもあらずと、今野さんは怖れを抱いたのだろうか。

まさか岡井さんがそんな行為をすることはない、と思えば、危険なのは小生しかいないはずだからである。

まだ、今野さんは二十八歳、馬場さんだって五十代前半の女盛りだった。

春日井建の復帰と異色対談準備

一九八〇年（昭55）も十二月号を迎えていた。「短歌現代」巻頭二十五首は春日井建にお願いした。歌壇から遠ざかって何年経ていただろう。

前年の四月に父・春日井瀇が逝去され、雑誌「中部短歌」も核となる人を失っていた。春日井建は名古屋を中心に多くの前衛文化活動にかかわっていたと推測されるが、父亡き後、伝統詩型への復帰をうかがっていたのであろう。

石黒社長から情報を受けた。「春日井建さんが歌を作るといっている。すぐに依頼してくれんか」というのだ。前衛を好んでいない社長であるが、稲葉京子さんあたりから連絡を受けたのであろう。

「それは嬉しいですネ、すぐに巻頭でお願いしてみます」とぼくは社長に答えた。

受け取った歌稿の文字はまことに端正に記された万年筆の文字で、美学派の感性をそのまま表わしていた。

タイトルは「帰宅」。放蕩息子がふたたび家や歌壇に戻ったことを暗示していよう。

詞書は次のように記されていた。

父よ、われは天に対し、また汝の前に罪を犯したり。
今より汝の子と称へらるるに相応しからず。
ルカ伝第十五章

山巓を降るしろがね朝なさな瞻《まも》りつつ命終を迎へしならむ
帰りきて旅嚢をひとり解きゐつつ雪《そそ》ぐべき汚名をこそ恃みたる
蕩尽のはてに帰りし躰には馴染まむとせぬ家具の影さへ
伸びきたる日筋の書架に及ぶとき虚空放浪の時たちかへる
出奔せし颪の日のわれ面痩せて悲哀に瀕しゐしと思ふも
襟立ててつと出でゆきて帰らざりし放蕩は水面をさばしる霰

等の作である。一連は春日井の第四歌集『青葦』（書肆風の薔薇）に、すべて正字体に変えられて収録されている。

また、引用二首目の結句は、「たる」が「たれ」と変えられていることも付記しておく。

翌年だったか翌々年だったか、稲葉京子さんから建さんが小生とお会いしたいという旨の電話があったという。京王プラザホテルの喫茶で稲葉さんを含め三人でお会いしたことを記憶している。

建さんはとても優しそうな方で、審美派の方の持つ一種独特の雰囲気を持っている方だと直感した。

なお、この年に玉城徹氏を中心とする研究会「現代短歌を評論する会」が発足している。これについては長く、「現代短歌」誌上において、外塚喬氏が詳細にわたって連載されていたが、本年三月号で終了している。

さて、次年度はどのような企画で進んでいくべきか、創刊以来五年を経ることになり、あれこれ考えていた。角川書店刊の総合誌「短歌」は秋山実編集長が毎号大型の企画を組んでいて、雑誌も三〇〇ページ近くぶ厚くなっていた。座談会を幾つも催し大家、中堅、新人諸氏を網羅していた。

こちらは本文一六〇ページで、その中で特色を出さねばならなかったが、何といっても新聞社は「アララギ」や「歩道」の写実第一主義の社風であり、前衛寄りの企画は立てづらかったのである。

それでも雑誌を担当して五年目、企画を提出すると、以前は新聞社の前にある喫茶で社長と打ち合わせていたが、この頃になるとほとんど口出しをすることは無く、時々、あの歌人に頼んでやってくれという感じになっていった。

年末、寺山修司さんを対談か座談会に呼んでみたいと考えていた。当時、渋谷にあった天井桟敷へ思い切って電話をかけてみた。昭和四十年代の半ば頃、「えろちか」誌の編集にかかわっていた小生は、六本木の天井桟敷を訪れ、寺山さんに原稿を記してもらうべく訪ね、快く承諾してもらったことがあったからである。

「劇みなエロス」のタイトルで原稿をいただいた。その折、どうしても芥正彦君にも依頼して欲しいといわれ、「エロスの屠殺」という難解な文章も掲載した。総特集は「演劇のエロス」というもので、別役実さんにも喫茶店でお会いして原稿をいただいた。

今やかなり売れっ子となった片岡義男さんも常連の執筆者、竹中労さんや枕絵の研究家で知られる林美一先生、さらに詩人の田村隆一さんも常連の執筆メンバーであった雑誌である。

寺山ファンであったぼくは昭和四十年代初めからお会いする機会があり、天井棧敷幕開けの「青森県のせむし男」や「大山デブコの犯罪」を観に出かけたものであった。

後年、「田園に死す」が映画化される折も、寺山さんを含め、歌人の堀江典子さん（昨年十二月末に死去）や久喜市長の奥さんの歌人・浜梨花枝さん（故人）と新宿アートシアター近くの喫茶でお会いし、切符を多く購入してあげたこともある。

そんなこんなで、対談も引き受けてくれるだろうと確信していた。

電話には高取という名の青年が出て、寺山に話してみるので、相手とかテーマを決めておいてくださいと言われた。「死生観と歌のようなテーマを考えています」とだけ告げた。

後日、高取さんから連絡があり、「引き受けますが、相手はどなたを考えていますか」という。これは難かしかった。金を使わない主義の新聞社、遠くから安永蕗子さんや河野裕子さんを呼ぶわけにはいかぬ。

当時の東京周辺の女性歌人では、井辻朱美さんがかなり評価されていたような雰囲気もあった。

高取さんからふたたび電話。「寺山は吉本隆明と話してみたいと言っているのですが……」。「えっ！」と思った。「そうですか」と答えると、「多くの人と対談してきたが、吉本さんだけはまだ話したことがなく、何とかと言っています」。

吉本隆明と寺山修司

一九八〇年（昭55）の年末ちかく、天井桟敷の劇団員である高取英さんから電話があった。「吉本さんに連絡しましたら、寺山との対談を承諾してくれました」とのこと。

当方から吉本さんに電話をしようと考えていた矢先のことで、ホッとした。早速、お二人の空いている日時を聞くために、ぼくの方からも吉本さんに電話を入れてみた。

なにしろ、われわれの学生時代からこの日に至るまでの憧れの詩人で評論家、相手も寺山修司である。胸がときめいた。

吉本さんは静かで小さな声であった。出席可能な日時をうかがい、しかるべき資料があったら送ってくださいと言われた。

早速、可能なかぎり死生観に関する資料を捜してみた。ひとつは『日本人の死生観』（加藤周一・ラーシュ・リフトン・岩波新書）であり、高橋義孝『死と日本人』（新潮社）や沢木耕太郎『テロルの決算』（文藝春秋社）や総合誌「短歌」に載った岩田正の「戦後の夭逝歌人」も資料として提出した。

さらに、短歌作品で死生にかかわるものとして前田夕暮の〈生涯を生き足りし人の自然死に似たる死顔を人々は見む〉や、斎藤茂吉の〈暁《あかつき》の薄明《はくめい》に死をおもふことあり除外例なき死といへるもの〉、さらに吉野秀雄の〈古畳を蚤のはねとぶ病室に汝がたまの緒は細りゆくなり〉の三作品を具体的資料として上げてみた。

今から思えば、もっといい具体例があったろうし、お二人の画期的な対談にふさわしい資料を用意するべきであったろう。しかし、編集実務はすべて小生ひとり、企画から依頼も校正もほとんど任されていて、時間の余裕はとても無かった。

吉本さんが短歌の分野の対談に出席されるのは、これが初めてだという。そのこともうかがい、ますます緊張した日々を経て、対談の日は近づいた。

当日のカメラは社員の花沢和夫君にお願いすることになった。中央大学出身で、小生より十歳も若いこの青年も大の吉本ファンで、「すげえなあ」と呟くほど、吉本さんに会える喜びを露わにした。

異色の大型対談は年明けの一月中旬ころ高円寺北口の確か松月庵という比較的大きなソバ屋さんの二階で催すことになった。

石黒社長は吉本隆明の名を知るはずもなく、また怖れを抱いたわけでもなかったろうが、出席しなかった。速記はいつもの通り、三井ゆきさんにお願いした。

六時からの対談に、四十分ほど前から小生と花沢君はドキドキしながら二人を待った。約束の六時の十分ほど前に写真や映像で見慣れた吉本さんが静かな表情で現われた。

「お酒を呑まれますか?」と言うと「少しばかり」と言うので、早速、常温を二本店の方にお願いした。十分、十五分過ぎ、いらいらしていると、やっと店に天井桟敷の方から連絡が入り、「寺山は少し遅れます。申し訳ありません」との伝言。

小生と花沢君はかなり焦っていた。先輩の大詩人より遅れるなんて、と思いつつ仕方なく待った。小生もその間、熱燗の一本くらいは呑みたかったが、適うわけも無かった。

ふたたび劇団員からの電話、間もなく着くという伝言であった。予定の時刻より二十五分くらいの遅れで、寺山さんはのっそりと大きな身体を見せてくれた。

「どうも、どうもすみません。道が混んでいて、すみません」と吉本さんに頭を下げた。吉本さんは長く待っていても表情をまったく変えず、悠然として、一くち二くちと日本酒を呑まれていた。

対談はやっと始まった。見ると、座った寺山さんの膝の前に、何枚かのカードのようなメモが記されてあった。どういう質問をしようか、幾つかのキー・ワードが記されていたのである。

対談は吉本さんの発言から始まった。

「歌というのは、安心立命の老いとか、死とか、劇的な死とか、そういうものに対してはなかなかいい表現の切り口をもっているように思いますけど、いまみたいに高齢化社会になって、劇的な死もなければ、安心立命の死もだんだんなくなって、つまり、親子・兄弟・眷族に取りかこまれて自宅の一室で死ぬみたいなものがなくなってくると、岡井さんがいっている老いとか死の歌は、どういうふうに詠まれるのかという問題があるような気がします。」

寺山さんは受けて次のように話した。

「〈劇的な死がなくなって、安心立命の死もむずかしいという〉ことについてですが、もともと、劇的な死というものがあったのかどうか、劇的死として〈ある〉ものと劇的な死に〈なる〉ものと分けて考えたとき、あらかじめ劇的な死というものは、〈ある〉のではない。何が劇的な死に〈なる〉のかということについて検証することが死について考える糸口になるのではないかという気がします。」

初めからラディカルな問題について話しあわれ、編集部が提出した三作品について具体的な検討となった。

茂吉作品について吉本さんは、「除外例なき死といへるもの」という認知のしかたはどうしても否定したいと述べ、寺山さんは概して肯定的で、自分の死そのものについて語れることのなかった中で、不可能なテーマを短歌で扱おうとした意味で、茂吉の歌は例外的な存在としてかなり評価していいと反論された。

熱中した話し合いの中で、吉本さんは常に冷静で、寺山さんが仕掛けようとした質問にもたんたんと答え、話した。

吉本隆明がもし癌になったら？　の寺山さんの後半の質問にも、吉本さんは「そのときそのときで解決しながら存在しているというふうにしかない」、と答えていた。

二時間ほどの異色対談も、あっという間に時間が過ぎた。社員の花沢君は、吉本さんに握手を求めた。とても感動したと後々まで述べていた。

妙齢の歌人とのデート

吉本隆明・寺山修司の異色対談を終え、ぼくは寺山さんとタクシーに同乗した。車の中で寺山さんは、「ぼくの部屋に来ないか？　いい物を見せてあげるから」と言う。「行きたいのですが、今夜は大事な約束の用件がありまして……。」

「残念だなあ、隣の部屋が見えるように仕掛けてあるんだが」と述べられる。「本当ですか？　でも、どうしても今日は」と答えた。初めての昭和一九年会の勉強会の集まりがあり、誘いを断わるしかなかった。

爾来、今日まで同行すべきだったと後悔している。たとえ、社会に反する危い行為を寺山さんがされていたとしても、部屋へうかがって、寺山さんの生活ぶりの一端を垣間見るべきだったであろう。

一九年会の勉強会にしろ、それほど収穫は得られないにちがいない。でも異色の対談を終え、吉本さんにも寺山さんにも会うことが出来ただけでも、その夜はこころが満たされていた。

寺山さんとは一年後か二年後だったたか、ふたたびネフローゼの症状が出て入院された時、冨士田元彦さんに誘われて病院へ見舞いに出かけたことがある。それが生前の寺山修司を最後に見た日となった。

対談のことはひとまずここで終りとしたい。

さて、この年は第三十二回読売文学賞に「コスモス」の葛原繁が歌集『玄』三部作で受賞となった。選者は井上靖、草野心平、小林秀雄、宮柊二、山本健吉といった錚錚たる方たちであった。

また、第五回目の雑誌ミセス主催の現代短歌女流賞には、河野裕子の歌集『桜森』が選出されている。選考委員は葛原妙子、篠弘、島田修二、塚本邦雄、前田透の各氏で、両賞とも「コスモス」の重鎮と若手の受賞となったことを記憶しておきたい。

日々は流れ一九八一年（昭56）も四月号に至った。この号に民俗学者の谷川健一氏に随筆をお願いしている。小生は小田急線の百合丘に住んで五年目の年、先生もたぶん当地に住んでいたのかと思われる。としても、六十歳になられた偉い民俗学者の家にうかがって、直接原稿を依頼する勇気など無かった。

文章は「少年時代と短歌」と題したもので、啄木や牧水や中村憲吉の歌に魅かれていたことや、初めて作られた短歌を紹介したものであった。

あかあかと飾電気のつくゆうべ友らをのせし汽車は帰りぬ

の作である。

それから十数年後、何かの会で谷川さんと出会い、住居が近くであったことから急速に谷川さんと親しくなった。本誌誌上で長く「歌の源流を考える」の座談会を続けられたのもそうした縁からである。

谷川さんの家まで二〇〇メートル、百合丘駅に当時の喫茶店は「シャノワール」しかなく、休日はほとんどお会いしていたものだった。シャノワールが店を閉じると、ドトールが出来、そこでも毎週のようにお会いして短歌や民俗学のことなどについて雑談した。亡くなられて三年経たであろうか。今はまことに淋しい土曜日曜で、話し相手のいない喫茶店を十時過ぎに出ると、部屋ですぐに一杯呑む癖がついてしまった。

さて、この四月号では河野愛子さんに作品二十五首を依頼した。「ふりむくを」と題するもので、

秋やまは紅萩ばかり騒立てり眼ふたつを誰とおもはむ
肥後の国のゆふまぐれどきわれは来て伽羅奢《ガラシャ》の墓を長くのぞきつ

のような作品の他に、次の一首もあった。

田井よりも我妻とこそ呼びなれて不知火筑紫の夜半を連れゆく

写実と幻想を兼ね備えた一連は、いかにも河野さんらしい作風であった。

河野さんとも想い出が幾つかある。昭和五十二年、第四歌集『鳥眉』を短歌新聞社から刊行するので、入社して間のない小生に装幀の相談に乗ってくれというのだ。

雑誌を印刷されている神田の協同印刷で当時の印刷所の次長の久木二郎さんともども、組方やデザインについて打ち合わせをした。雑誌の校了日で出張校正に行く日を兼ねていたと思う。石黒社長にはもちろん内緒であった。

当時の河野さんは五十代半ばだったであろう。おシャレな服装にサングラスをかけてい

て、とても魅力的な方だと思った。

三年後、「短歌現代」の読者歌壇の選者をお願いした。「明日、選を持っていくから、夕方どこかで一緒に呑まない？」と好きなアルコールの誘いをうけた。

年上のお姉さんとのデートである。社長にうまくつくろって、夕刻二人で外へ出た。一軒目は高円寺南口の秋田県人の経営する店だったと記憶している。

二軒目は隣駅の阿佐谷駅北口の小生の行きつけのバーぶ〜けへ行った。三年前の河野さんの歌集『鳥眉』のことや「未来」のこと、歌壇の現状などについて互いに話し合った。

三軒目は俳人歌人がよく集まった阿佐谷の一番街ゆき乃だったであろう。他に歌人俳人の誰がいたのか覚えはないが、とにかく三軒の店に入った。

ぶ〜けのママは他界したが、ゆき乃さんはどうしているだろう。秋山実さんを偲ぶ会で見かけて以来、お会いしていない。

河野さんは二軒のバーをともに気に入ったらしく、「また、連れてって！」と言われた。

昭和六十二年秋、河野さんは銀座のデパートで個展を開いた。小生、独立して三年目の頃である。

好きな歌人のひとりで、年上ながらとても魅力的な方だと思っていた小生、ひそかなファンだったのだろう。五万円はとても高いと思いながら一枚の書を購入することにした。

嘔吐して寂しき酒も知れるなりかゆきかくゆく闇の白貌
この書が部屋のどこに置いたか、いまも見つかっていない。

七〇年代半ばの動向

一九七〇年代の半ばから後半にかけて、相次いで時代を画し、現代にも繋がるような歌集歌書が多く刊行されたことを記憶にとどめておきたい。

七四年（昭49）は伊藤一彦の歌集『瞑鳥記』（反措定出版局）、村木道彦『天唇』（茱萸叢書）、山中智恵子『虚空日月』（国文社）、浜田康敬『望郷篇』（反措定出版局）、等の刊行。

翌年は、石川一成『麦門冬』（白凰社）、上田三四二『湧井』（角川書店）、三枝浩樹『朝の歌』（反措定出版局）、永田和宏『メビウスの地平』（茱萸叢書）、岩田正著『土俗の思想』（角川書店）、が出版された。

七六年も画期的な歌集を産んだ年であった。高野公彦『汽水の光』（角川書店）、下村光男『少年伝』（角川書店）、小野興二郎『てのひらの闇』（角川書店）、前登志夫著『山河慟哭』（朝日新聞社）、大島史洋『わが心の帆』（大和出版）、佐佐木幸綱『夏の鏡』（青土社）、玉井清弘『久露』（角川書店）、齋藤史『ひたくれなゐ』（不識書院）、石川不二子『牧歌』（不識書院）、河野裕子『ひるがほ』（短歌新聞社）、来嶋靖生『月』（湘風出版）、評論集では篠弘の『近代短歌論争史　明治大正編』（角川書店）。

七七年には、馬場あき子『桜花伝承』（牧羊社）、伊藤一彦『月語抄』（国文社）、永田和宏『黄金分割』（沖積舎）、河野愛子『鳥眉』（短歌新聞社）、前登志夫『縄文紀』（白玉書房）、三枝

昴之『水の覇権』（沖積舎）、等の記憶に残る歌集が刊行されている。

ちょうどこの年、小生は縁あって短歌新聞社に入社し、総合誌「短歌現代」の編集を始めた。三十二歳の頃であった。創刊は六月刊の七月号からであった。

思えば新人や中堅大家の話題作が目白押しの時代で、第三の総合誌と呼ばれた「短歌現代」はタイミングがとても良かった。総合誌刊行は、石黒社長の長年の夢だったのであろう。


七八年も収穫の多い年であった。岡井隆『歳月の贈物』（国文社）、永井陽子『なよたけ拾遺』（短歌人会）、花山多佳子『樹の下の椅子』（橘書房）、岡野弘彦『海のまほろば』（牧羊社）、小池光『バルサの翼』（沖積舎）、田谷鋭『母恋』（白玉書房）、竹安隆代『風樹』（短歌新聞社）、等々である。


この年には結社「かりん」が馬場あき子、岩田正らを中心に結成された。現代歌人協会による現代短歌大賞もこの年に創設され、第一回の受賞者には佐藤佐太郎が選ばれている。

思い出すのは『樹の下の椅子』の第一歌集を刊行された花山さんのことである。前年、短歌新聞社に寄られた花山さんは小生の机のそばに来て、「来年第一歌集を出すのです」といわれる。

所属する「塔」では玉城多佳子の名で作品を発表していたが、「玉城はどうかな？　筆名にされたら？」と小生は述べた。「現在の苗字は？」と聞くと、「花山」と答えた。「それが良い、花山多佳子、最高じゃない」と小生は述べた。「そうねえ、ハナヤマ、ハナヤマタカコ、いいかもネ。」

花山多佳子の誕生である。まだ三十歳になるかならない頃であったろう。娘さんの周子さんの誕生はそれから三年後のことであったと思う。

七九年は朝日新聞紙上の一面において、大岡信の「折々のうた」の長期連載が始まった年でもある。小中英之『わがからんどりえ』(角川書店)、築地正子『花綵列島』(雁書館)、松平盟子『帆を張る父のやうに』(書肆季節社)、奥村晃作『三齢幼虫』(白玉書房)、佐佐木幸綱『火を運ぶ』(青土社)など。幸綱は評論集でも『底より歌え』(小沢書店)も刊行し、論、作ともに気を吐いた。

この年の暮には前にも触れたかと思うが、三枝昻之、小高賢、そして小生の三人が新宿のスナックで飲んでいるうちに、昭和一九年生れのメンバーを集めて勉強会を作ろうという案を立てた。翌年がサル年ということもあっての案で、その会は今日まで続き、今年の四月に五冊目のアンソロジーとなった『モンキートレインに乗って72』を四十五名の参加で刊行した。

ただ、三枝は勉強会を数年で去り、小高は一昨年急逝された。一九年会では「形成」の板坂彰子、「潮音」の伊東悦子とともに三人を失ったが、七十代に至って比較的元気な方々が多いと思われる。

さて、この頃の新聞社はいよいよ隆盛を極め、地方から近辺から多くの歌人が訪れた。都内からは香川進、中野菊夫、野北和義、白石昻、片山貞美、玉城徹各氏で、埼玉の加藤克巳氏もよく来社されていた。

　香川さんはいつも当時「地中海」の会員であった雨宮雅子さんとともに、中野さんは「樹木」の会員で、現在「新樹」を発行されている大塚善子さんといつも一緒だった。玉城さんはまだ若い彼女と一緒に来られていたかどうかはっきり覚えがないが、石黒社長とは長い信頼関係があったのであろう、たびたび顔を出されていた。

　その香川さんの愛弟子である中川昭さんと当時とても親しくなり、夜な夜な高円寺や新宿で呑みかわした。中川さんは国学院を卒業後、「地中海」に入会。一時、岡野弘彦主宰の「人」創刊に加わるが退会し、「地中海」に復帰。七八年には第一歌集『九夏』(不識書院)を刊行し、注目された歌人である。

　その頃の中川さんは大手出版社のＴＢＳブリタニカの編集者としても活躍されていて、編集者同士気が合ったのであろう。加えて小生の恩人である小野茂樹さんは「地中海」で中川さんの大先輩であったことも関係していた。

　秋田弁まるだしの中川さんとこの年の三月半ばであったろう。二人で九州へ行こうという話になった。

　宮崎で伊藤一彦さんや浜田康敬さん、志垣澄幸さん、熊本で石田比呂志さんや阿木津英さん、安永蕗子さんと会って、呑みながらお話を聞こうというプランであった。

　有給休暇の少なかった小生、おそらく特別に休暇をいただいて四泊もの旅を計画したのだと思う。

宮崎・熊本への旅

一九八一年（昭56）二月二十一日、現在「海市」を発行されている中川昭さんと九州へ出かけた。

中川さんは今は亡き小野茂樹さんの弟分のような方、小生も小野さんの紹介によって雑誌編集の道を歩んできていて、互いに編集者同士、そして、酒呑み仲間、たちまち意気投合し、夜な夜な高円寺や新宿を呑み歩いたものだった。

中川さんは当時、大手出版社ＴＢＳブリタニカの編集者で、薄給の小生とは比べるべくもない羽振りの良さであった。ただ純粋というべきか秋田弁まる出しの口調なので、話が聞きとれないこともあった。

中川さんは敬愛する熊本の安永蕗子さんや同世代の宮崎の伊藤一彦さんと呑んで話し合いたいといつも述べていた。

宮崎や熊本ははじめてという。小生もまた当時、宮崎は行ったことがなく、二人ともわくわく気分で羽田を発った。ただ中川さんは飛行機が初乗りという。「だいぜうぶかなあ」と、空港内で呟いたのを記憶している。

宮崎空港に到着すると、伊藤一彦さんと浜田康敬さんが迎えに来てくれていた。夕刻、伊藤一彦、浜田康敬、志垣澄幸、亀元幸子各氏らに加えて「梁」の会のメンバー三十人ちかい方々に囲まれての宴となった。焼酎の国の宮崎、ビールや日本酒も呑んだであろうが、やはり焼酎に執したであろう。

ふくよかな中年女性の亀元さんの話にはビックリした。男と女の話におよんだのであろう。「主人のアソコが大き過ぎて、それでわたし別れたのヨ」と平気な顔でおっしゃる。一同、大笑いしながら、まことに楽しい時間を過ごした。

翌日は牧水の生誕地坪谷を案内していただき、牧水記念館を見学することができた。

中川さんも小生も、浜田さんや志垣さんとお会いするのは初めてだったと思う。浜田さんの車で（浜田さんはアルコールは全く呑まない）ホテルに戻り、ラウンジでコーヒーを頼んでいると、見覚えのある大きな男が隣に座った。

伝説の豪球投手、元巨人軍の大エース別所毅彦さんである。中川さんや浜田さんと顔を見合わせた。そういえば宮崎は巨人軍のキャンプ中、その取材に別所さんは来られていたのだ。すかさず話しかけ、「毎年来られているんですか？」とか、往年の別所さんの豪球などについて会話した。

店側も心得たもの。色紙が用意してあるというので、早速サインを別所さんにお願いした。三人に快く、サラサラと日付とともに氏名を記したサインを記してくれた。今でも小生は大事に保存している。

昭和三十年代の投手では別所がプロ野球界でもっとも重く速い球を投げていただろう。評論家によっては、プロ野球史上もっとも重く速い球を投げたのは別所以外に無いと評する方もいるほどだ。

三日目、宮崎に別れを告げ、熊本の安永さん石田さんに会うべく空港まで浜田さんの車に乗せていただいた。ところが、天候不順で欠航とのこと。そんなことがあるのかと呆然としていると、浜田さんが午後からの仕事をなんとかするから、熊本まで車で送ってくれるという。好意におどろき、喜んだのは言うまでもない。でも、宮崎から熊本まで当時は汽車でも五時間以上か、車なら六時間以上かかるであろう。

宮崎から熊本のホテルまで、やはり六時間余りの車の旅となった。人吉の里、球磨川の急流を見ながらエッチな話をまじえ、短歌や野球の話などもした覚えがある。楽しい時間だった。未だに浜田さんの厚い友情を忘れることはできない。

浜田さんは、熊本の安永蕗子さん、石田比呂志さんと会うと、すぐに宮崎へ戻った。戻られたのは朝方であったろう。数ヵ月後、浜田さんはその車で交通事故に遭い、肋骨三本を折ったという。いねむり運転のトラックに正面衝突され、消防隊がカッターで車を切断し、命を救われたというのだ。無事で何よりであった。

さて、浜田さんの友情で熊本のホテルに到着すると、安永さんが行きつけの店で馳走してくれるという。格式のありそうな立派な割烹店である。

玄関だったろうか、安永さん直筆の書が掲げられていた。書家でもあるから当然だが、素晴しい筆致の書であった。

料理のひとつに何と鮒の洗いが出された。川魚が大好きな小生は、今まで鯉の洗いは何度か口にしていたが、鮒ははじめて。ふつうならジストマが怖くて口にしない川魚である。

中川氏と顔を見合わせた。シコシコして超うまかった。鮒の洗いは、川魚や下手物好みの小生も食にありついたのはこれ一度だけ、食べさせてくれる店があるなら、どなたかにぜひ教えていただきたい。佐賀の呼子は海の魚類、川魚店は無いだろう。どこか食べさせてくれる所は無いものか。

憧れの安永さんと会えた中川さんは、とても喜びに満ちていた。その夜はホテル・キャッスルに宿を取った。

翌日の二十四日、熊本は秋津新町の石田邸に招かれた。阿木津英さんも同居されていた。たちまち歓迎の酒宴が始まった。石田さんと言えば酒とギャンブルと短歌、酒宴がにぎやかになったのは言うまでもない。

熊本ならではの馬刺しも出た。思った以上に旨かった。後年、牛より馬の肉が好きになってしまったのは、その夜の馬刺しのせいであろう。

酔うにつれ、石田さんの声も態度も大きくなった。すると、何のはずみか、石田さんはおのれの一物をおおっぴらにわれわれの前にひけらかした。

ビックリした途端、阿木津さんが叱ったのは言うまでもない。嫌な物を見てしまった。呑み直そうということで、ふたたび酒宴は深夜までつづいた。阿木津さんこと英《えみ》ちゃんは当時、三十歳になるかならない頃であったろう。

翌朝、熊本城や水清寺公園を石田さんに案内していただいた。日本一の城だと実感した。

「心の花」一千号の準備

前号は九州の旅のお話をした。その数ヵ月前の一九八〇年十一月二十六日には、講談社主催の『昭和萬葉集』完結記念会が帝国ホテルに於て盛大に催されたことを記しておきたい。

全二十一巻の完成を祝い、選者の太田青丘、窪田章一郎、五島茂、近藤芳美、佐藤佐太郎、前川佐美雄の各氏が祝辞を述べている。錚錚たる方々の集いでもあった。

八一年の三月には、文化出版局の雑誌「ミセス」の第五回現代短歌女流賞に河野裕子さんの歌集『桜森』(蒼土舎)が選ばれた。三十五歳の輝かしい女流歌人への祝に、小生も京王プラザホテルに駆けつけたことを鮮明に覚えている。

その日は二月に熊本でお世話になった安永蕗子さんも妹さんの作家・永畑道子さんとともに来京されていて、楽しい時間を過ごすことができた。篠弘さん、冨士田元彦さん、詩人の長谷川龍生、三木卓の両氏の顔もあったことを覚えている。

四月はじめ、TBSブリタニカの中川昭さんに連れられて、ドイツ文学者で高名な高橋義孝先生宅をおとずれた。中川さんの社でよく原稿を書かれていたことを知り、「短歌現代」でエッセイをお願いできたらと思い、自宅へ連れていっていただいたのである。

確かJRの目白駅の近くの家であったと思う。

「四〇〇字三枚、三千円くらいでは駄目でしょうか？　五千円は小社では無理かも知れませんが。」

「三枚七千円以下では書かん。捨て原稿になる。本当なら最低一枚三千円だろう」と言われる。

ねばってみたが、先生の高圧的な態度にとうとうあきらめ、すごすごと高橋先生宅を後にした。

歌の分野で約四十年、その他の雑誌を含めると半世紀ちかく編集の仕事をしてきている小生にとって、いまだに忘れられない日である。先生のことは尊敬していたが、やはり世の中、甘くはないと痛感した。

大手のTBSブリタニカや中川昭氏が羨しく思った。すごすごと高橋先生宅を出て中川氏と酒は呑まず、珈琲店に入った。夜に、前田透先生を励ます会というイベントがあったからである。

ちょうどその頃、つまり一九八一年（昭56）の五月、小生が入会している「心の花」では創刊一〇〇〇号に来年到達するということで、佐佐木幸綱氏を中心に企画や原稿依頼の準備に取りかかっていた。

「心の花」に入会して三年目頃の一九六五年（昭40）に、創刊八〇〇号記念号を見たことがあるが、当時は新米とて何も記念号にかかわることは出来なかった。今回は「心の花」でも中堅の立場、編集経験もあって中心となって誌面作りを任された。

因みに、その八〇〇号の誌面を開くと、安藤寛、山下陸奥、児山敬一、椿一郎、前田福太郎各氏らがエッセイを記している。塚本邦雄、金子兜太、篠弘、石川一成、松坂弘、福島泰樹各氏らも文章を寄せているが、幸綱さんとの係わりによるものであろう。

一千号の記念号行事については後に詳しく触れることにして、この年の八月一日二日に催された「'81現代短歌シンポジウム」について記しておきたい。

とても大きなイベントだったことを参加した一人として記憶している。中部地区の超結社集団の「歌人集団・中の会」、「現代歌人集会」、「現代短歌委員会」、「現代短歌・北の会」、「現代短歌・南の会」の五団体におよぶシンポジウムで、名古屋市の厚生年金会館に於て開催された。

二日間にわたり、七百数十名を集めた大変な盛況ぶりであったと記憶している。

総合テーマは「現代のみえる場所」で、「新古今と梁塵秘抄」、「晶子と茂吉」についてが一日目に、二日目は金子兜太、佐佐木幸綱、岡井隆三氏による公開座談会が行われた。

金子兜太氏は小林一茶に強い関心を抱かれていることについて話されたことを覚えている。

テーマになったタイトル、翌年に岡井隆の『人生の視える場所』（思潮社）という歌集が刊行されるが、そのタイトルから得たのだと思われる。おそらく、角川「短歌」に於て、当時の編集者であった秋山実氏が連載の形で岡井さんに依頼していた連載であろう。

昨今ではどこでもやっているようだが、月々の連載の形で作品を依頼した初めての編集者であったと思う。

話を戻して「心の花」一千号記念の準備について記したい。なにしろ歌の分野で創刊一千号に達するのは初めてのこと、九九九号、一〇〇〇号、一〇〇一号と三冊続けての特集をやろうということに決まった。

俳壇ではすでに「ホトトギス」がその冊数に達していたことはご存知であろうが、「心の花」では、アクチュアルで広い視野から現代短歌の諸問題について突っ込んだ文章を寄せてもらおうという案に決定した。

九九九号は「心の花の小歌人論」、一〇〇〇号は「心の花の歌人作品集」、一〇〇一号は「心の花近代歌人論」と「現代短歌の諸問題」について、活躍されている方々に依頼しようという案に決定した。

「短歌現代」の編集で日々追われていた小生であったが、土曜日曜を返上して佐佐木邸へ伺い、企画案を立て依頼を始めた。

当時の若い会員の力を借りたことは勿論のこと、中でも小紋潤の助けを多く借りた。彼は「心の花」に入会以来、常に小生のそばにいて、いつも共に無茶苦茶に呑み、意気が合った。

活版印刷の時代、イロハをすべて小生が教えたつもりである。

「短歌現代」を編集していたこともあり、執筆者の選択には自信があった。当時、第一線で活躍されている歌人から極めつきの評論やエッセイを書いていただこうと思った。

社の同僚の結婚式

「心の花」の一千号記念の準備に追われている頃、短歌新聞社の社員の花沢和夫君が結婚することになった。

相手の女性は東京の浜松町周辺で大きな電機店を営む方のお嬢さん。仲人を社長ではなく小生にお願いしたいと言う。驚いた。なにしろ初めての経験である。

当時は家内も元気だったし、これも経験のひとつと思い承諾した。結納式は本格的な催しで、立派な鯛やスルメなどがたくさん並べられていた。形式的に「今日の良き日に……」とか口ごもりながら述べた。

花嫁となる方は田辺さん、両親ともとても立派な方であった。小生の自宅へは母親も挨拶に来られ、恐縮したものである。

一九八一年（昭56）十一月二十七日、結婚式は歴史と格式のある三井倶楽部に於て盛大に催された。小生など、アパート近くの高円寺という寺で総額一万円で挙式したので、後輩の社員の立派な会場に驚いた。

当日、家内と自宅の小田急線百合丘を出て会場へ向かおうとすると、隣駅の読売ランド近くで昨夜の大雨で崖が崩れ不通のニュース。さて、タクシーで目的地まで行くしかないと思いつつ、友人がランドの隣の生田駅近くに住んでいることを思い出し、あわてて電話を入れてみた。

友人は小生とは長い間のつきあいで、後年、水道橋近くでながらみ書房を興した折に事務所の三分の一を借していただいた方である。日本一古い出版社と言われる弘文堂に長く勤めていて、車を持っていた。快く承諾していただき、百合丘から会場近くの渋谷駅まで、世田谷通りをまっしぐらに連れていっていただいた。

話はそれてしまうが、友人は小林忠次君といい、実は彼の結婚式のおりに、小生は司会進行を務めたのである。弘文堂では京大系の学者を主に編集の仕事をされ、『江戸学事典』などにも係わっていた。

小生の独立より数ヵ月前の昭和五十九年に、神田三崎町で「花林書房」を興して活躍したが、七年前、六十五歳で急死してしまった。

ある日、外の風景がまっ白くしか見えなくなったという。「癌じゃないから平気、及川さんこそ酒やタバコが過ぎるから気をつけてよ。」

小林さんのことは、小生がながらみ書房を始めた昭和六十年、はじめてのアルバイトとして来ていただいた佐伯裕子さんもよく知っている。小林さんや仲間の藤田さんは、戦犯として処刑された土肥原賢二のお孫さんが佐伯さんだと知り、以降、佐伯さんを「姫」と呼んでいた方であった。

昨年急逝した小社の住正代さんもまた小林さんとは数々の思い出があったと思う。小林さんが急逝した折も、住さんはもっとも悲しまれたひとりである。

話を戻す。三井倶楽部へ家内と到着すると、立派で格式の高そうな式場に驚いた。式の直前、カメラを頼まれているという青年と会った。名札は「今野」とある。「短歌の出版社に勤めている方ですか？　実は姉が短歌をやっています。」「えっ？」と答えた。「もしかすると、今野寿美さんでしょうか？」すると、「今野寿美の弟です」と言うのだ。

この偶然には本当にビックリした。「えっ？　本当ですか？」、「はい！」。世の中にはふしぎな繋がりというのがあるんだと、その時に思った。今はどうされているのか、なぜか、今野寿美さんにもうかがったことがない。

三井倶楽部の仲人の席は上段にあり、とても偉そうに思えた。新婦の一族の方々のほうが多かっただろう。いかにもいいとこのお嬢さんだと確信した。

しかし、幸せは短かった。成田からアメリカ西海岸へ新婚旅行より戻ったあたりからお二人はしっくりいかなくなったらしい。当時よく言われた成田離婚である。

半年過ぎた頃だったか、花嫁の母親が小生の自宅へ来られ、お世話になったことと保証人としての印を求められた。

花沢君は翌年だったか、新聞社も退社し、幾つかの職を経たらしい。今でも三年に一度くらい連絡がある。

話は移る。この年、馬場あき子さんが体調を崩され、今は亡き小高賢に百合丘駅にて御見舞を渡したように記憶している。

「かりん」創刊以来、全力で活躍されてきていた馬場さんも疲れが出たのであろう。確か小田急線伊勢原駅にある東海大付属病院に入院されていたように覚えている。

さて、一九八一年の七月頃であったか、玉城徹氏と俳人の森澄雄氏の対談を「短歌現代」で催した。玉城さんから森澄雄さんと対談をしてみたいとの希望から組んだものである。「短歌現代」も既に創刊以来五十数号を数えていて、いつか、俳句と比較した企画もやってみたいと思っていたところなので、即座に承諾したのである。

冒頭のお二人の発言は意外だった。

玉城　実は、わたしは最初俳句からつくりはじめたんですよ。

森　それならぼくと逆だね（笑）。

話は、五句三十一音と十七音の形式について進み、こんな会話もあった。

玉城　短歌と俳句の形式上の違いということが問題になるんでしょうけれど、言い方で五句三十一音という規定が短歌にはあります。俳句の場合は三句とはいわないですね。

森　十七音ですね。

玉城　この五句がかなり重要な規定だと思うんです。やはり五句ということを基本におかないと歌ができない。

話は、季語や季について、俗について、正岡子規と近代、第二芸術と戦後歌人俳人について対論された。森澄雄の次のことばも印象に残っている。

森　詩人は短歌に同情しないで俳句に同情する。小野十三郎さんにしたって。

結婚七年目の会

一九八一年（昭56）後半は、社の後輩の結婚式の仲人の大役を務めるとともに、多くの行事に出席し、多くの歌人との出会いもあった。

この頃より「創作」の竹内温さんという方が社によく顔を出され、お酒の好きなこともあってとても親しくなった。初めて社に来られた日、近くの「歩道」会員の田野陽さんも来られていて、阿佐谷のバーゆき乃へ行ったことを覚えている。社のアルバイト社員の高木さんともども四人で楽しく呑んだ。

晩秋、高瀬一誌さんから連絡を受け、仙台から大和克子さんが来京されるから、三井ゆきさん（高瀬夫人）ともども新宿で会食しないかと誘われた。

十一月中旬の日曜日夕、新宿甲州街道近くの店ではじめて大和さんとお会いした。とても美人の方だと噂では聞いていた。実際、色白で美しい方であった。当時は六十歳になるかならない頃であったろう。もともとは東京深川生れ、前川佐美雄を師と仰いだモダニズム系の歌人である。

お会いできて良かったと思った。高瀬さんは何かにつけ、後に雑誌編集に役立つような方々や情報を陰から与えてくれたのである。新聞社や石黒社長の性格も良く知っていたからであろう。

この頃は出版記念会も多かったように思う。六月には外塚喬さん、九月に勝部祐子さん、十月に後藤直二さん、十一月に今野寿美さんの祝賀会があり、仕事上もあって多く出席した。

十二月の初め頃だったろうか。「歩道」会員の福田柳太郎さんの死を田野陽さんの連絡で知った。福田さんとは田野さんを通して知り、川島喜代詩さんらとともに数回呑んで歌ったことがある。

たしか日本橋倶楽部に勤務されていて、仕事中に突然倒れたのだという。とてもおとなしく、恥しい方であった。後に、上田三四二さんの小説の中に福田さんが登場していたことを読者はご存知だろうか。

さて、「心の花」一千号記念の準備で、この年の後半は大忙しを余儀なくされた。年末の二十日、世田谷の佐佐木幸綱宅にて十五人ほどの多くの会員が集まり、編集作業に取りかかったのである。

原稿の突き合わせグループや編集の作業に取りかかった面々、跡見学園出身の女性も多かった。長く「心の花」に在籍していた新井貞子さんが跡見で教えていたことによるものだろう。現在、「心の花」の編集を任されている黒岩剛仁君の若き姿もあったと思う。まだ、早稲田の学生であった。

翌年の一九八二年（昭57）一月二日は佐佐木邸で新年会が催されたが、午前中は一千号の追込みに取りかかった。十五日の成人の日の休日も小生と小紋潤と跡見の学生で準備に取りかかった。

一千号の編集は二月も三月も続いたが、二月中旬には九九九号の見本が出来上がった。

そのような折、昭和一九年会の同僚で「国民文学」の御供平佶さんが胃癌に冒されたという。呑む時は我を忘れて遅くまで呑んでいた彼に突如襲った病であった。

同じ一九年生れの大島史洋氏と二人で見舞に行くことにした。場所は新宿にある中央鉄道病院。国鉄勤務の御供さんゆえの入院先であろう。

二人で病室に入ると、明日、胃を切られるのだという。思っていたより元気だったが、帰り道、大島と二人で「胃癌だから、もしかすると最後に見た御供になるかも知れんな」と話し合った。

そして三月中旬頃だったか、小紋潤君から電話があった。「及川さん、人を集めての結婚式をちゃんとしていないから、今年七周年という区切りだし、ぼくが世話役をやるからにぎやかにやりましょう」という。

はじめはためらったが、小紋君は世話好きで乗り気。嬉しく承諾した。ということで、小紋は一九年会の小高賢に連絡を取り小生と三人で三月中旬に新宿のレストラン喫茶プチモンドで打合せした。後はバー「エイジ」で呑んだと思う。

及川隆彦・松実啓子（家内）を励ます会と銘打った会には、中野サンプラザに於て一八五名の出席者を集めて盛大にとり行われた。結婚七周年もかねてという催しで、小生の親戚や家内の友人も大阪から祝にかけつけていただいた。小生の田舎からは九十九里の歌人で知られる鈴木康文翁も高齢ながら来ていただいた。

大学時代に教わった太田青丘先生も、岡井隆さんや田中小実昌さんの顔もあった。

小実さんとは小生が「えろちか」を編集していた頃からの呑み仲間だった。歌壇中心の会なので、しっくりこなかったにちがいない。ただひとり、小生の編集の師である元「マンハント」や「あるす・あまとりあ」に係わった中田雅久さんが来ていたので、お二人で寄りそっていたにちがいない。

もうひとつ、宮柊二先生も遅れて車椅子で出席された記憶もある。後に精神の病に苦しむ家内も当時はとても元気で、嬉しそうだった。

法大時代の文芸研究会の顧問である宗左近先生からは花束が、ゼミの先生だった小田切秀雄先生からは祝辞を頂戴した。

後年、歌集『禁忌と好色』（不識書院）で迢空賞を受賞された岡井隆氏も出席していただき、歌集の中に次の一首が収められている。


〈中野サンプラザは及川隆彦の輝《かがよ》ふとまでわれは言はねど〉

あたらしく生《あ》れたる闇と知れれども連れだちゆくはいつだつて好き

岡井さんはいつも原稿がぎりぎりになってから届いたが、「禁忌と好色」でなく、「嫌忌と好色」の題で八二年四月号に「短歌現代」に作品をいただいたことがある。

締切りが過ぎ、翌日が責了を控えていて真夜中、岡井さんからの電話を待ったことがある。岡井さんの仕事場のファックスが使えず、電話で直接歌稿を待ったのである。

異色作家集の企画

一九八二年（昭57）四月号の「短歌現代」では、「異色作家集」と銘打ち、珍しい方々に作品を依頼した。歌に関心があり、実際に作ったことがあるという情報を各方面から入手して成ったページである。

例えば東大名誉教授で美学専攻の竹内敏雄氏。十二首の中から各人一首紹介する。

立ちて聴けば竹のささやき藪の中の凍《し》みわたる空間を我につたひ来《く》

次は八杉龍一氏。生物学者で知られ、科学基礎論学会員である。

スクリーンに妻がをとめの日の写真わが歌は添へ映されてをり

三人目は井上光貞氏。高名な日本史の学者で、国立歴史民俗博物館長。

推敲に推敲を重ね成りたらむ〝記伝〟の気品そこより来たる

次の松田修氏は法大教授。著書『日本近世文学の成立』が小田切秀雄教授の目に止まり法大へ呼ばれた天才肌の方で、歌集も『靠身文書』（でん書房）『装飾古墳』（私家版）がある。

国際通り裏の夜溜《よだま》り夜《よる》ながら刺青《しせい》の綺羅《きら》を眩しく希《こ》ひぬ

加藤郁乎氏は言わずと知れた俳人。全句集の他に、晩年は永井荷風の研究家でも知られた。

土手八丁あさくさ時雨みたらしと朝よりちぎる歩き巫女かな

宮永真弓氏は、朝日新聞社を定年後、宮崎日日新聞社会長を務められた方。歌集『婀娜なる焔』（角川書店）がある。

短歌新聞社に寄られた折に、牧水の話で親しくなり、埴輪の大きな置物をいただき、長く玄関の脇に置かせていただいた。

竹にてもしなあざやかに作られし越前竹人形に雪透きて降る

もう一方は梶木剛氏。かつて「歩道」の会員だったこともあり、『斎藤茂吉』や『長塚節』など著書多数。ぼくの大学の先輩であり、今は亡き小笠原賢二ともどもよく新宿で酒盛りをした。晩年は短歌新聞社でよく著書を刊行したが、写実系の方の本なら小生の社より新聞社が合うと小生が勧めたためである。

浮びゐる雲らに夕《ゆふ》のひかり沁み空は夜に入る構えの姿態

最後の一方は歌集に『アドニス頌』（思潮社）を持つ安宅夏夫氏。しばらく縁が途だえてしまっていたが、久しぶりに最近本誌で歌をお願いした。

小生が「えろちか」編集時代、編集の師の中田雅久さんが『アドニス頌』に目をつけ、その作品抄を紹介したことがあった。中田さんは前回にも触れたように異色の編集者。田中小実昌や片岡義男、ミステリ評論家の小鷹信光を世に出した異色の名編集者である。

著者は金沢出身、奥さんの安宅啓子さんはかつて昭和一九年会にも顔を出されていたが、近年亡くなられたという。

東京は魔都ラッシュ時は舌を出し歯を喰いしばり手をよじりつつ

北陸から高度成長へ向かっていた東京に在住することになった著者の実感の作であろう。以上の八名の先生方、各界の名士と呼ぶべき方々であった。よくこれほどの方々を集めることができたのか、小生も三十代後半に近づいていた時で、今とは比ぶべくもないエネルギーがあった。

谷川健一先生と後年とても親交を持ったのだが、その時は歌を作られていることに全く気がつかなかった。歌はいわゆるプロの方々のためだけにあるのではない。正に歌は日本人の「おもやい」の文化であろう。入会した頃の「心の花」では、高名な画家の歌も載っていたように記憶している。

なおこの年は「短歌現代」に於て「思い出す人々」の連載をしていただいていた柴生田稔先生が読売文学賞を受賞されている。『斎藤茂吉伝』『続斎藤茂吉伝』（新潮社）の著書での受賞であった。

先生はいつも風呂敷包みに原稿を入れて高円寺の新聞社へ来られていた。とても静かな先生で、原稿を置くとさっと帰られる。今なお、とても印象ぶかい方であった。

受賞された二冊は、この年の五月号に岡井隆氏が二ページの書評を記してくれた。

またこの年は稲葉京子さんが第六回ミセス女流短歌賞を『槐の傘』（短歌新聞社）で受賞された。三月二十六日、京王プラザホテルへ冨士田元彦氏とともに出かけたことを覚えている。この会にはいつも遠くから安永蕗子さんが来られていた。

この年の五月頃だったたか、高瀬一誌さんが永井陽子さんが来京しているというので一緒に食事をしようと誘われた。この連載で前にも記したであろうか。

大和克子さんの時と同じように場所は新宿南口の甲州街道寄り。変わったお店であった。青海亀の刺身を食べさせる店である。高瀬さんはどういうわけか、甲州街道沿いの店が好きで、大和克子さんが来京した折もそうであった。

「食べられるかしら？」永井さんは笑顔ながらとまどまったような表情をされた。小生も亀の刺身は初めてのことだったが、元来がゲテもの好き、とてもさっぱりしておいしいと思った。

後年、角川書店の新年名刺交換会で永井さんとその夜のことを話し合ったが、平成十二年に永井さんは五十歳を前にこの世を去られてしまった。えくぼが可愛くて、とても優しい女性。才能も抜きん出ていた。

この頃、新聞社に松原武司君という青年が入社してきた。国学院で阿部正路先生の授業を受けていたという。少し肥り気味の恥しそうな感じだった。

後に離婚してしまうことになるが、社員の花沢和夫君も結婚以来すこぶる元気で、社もいくらか明るくなった感じであった。早々に「創作」会員の伊藤さんという女性のご子息の経営する新宿の「ジョン万次郎」の店へ松原君を連れていった覚えもある。

竹内温、国見純生、松坂弘、田野陽、川島喜代詩、新井貞子各氏も集まっていて、楽しい刻を過ごした。伊藤さんの子息は高知四万十の出身、万次郎に憧れてチェーン店を始めたという。現在もこのチェーン店は続いているのだろうか。

前登志夫さんに翻弄されて

「雲珠」を主宰されていた大滝貞一さんが、七月二十二日に急逝された。九月二十七日に偲ぶ会が催され、約四十名の方々が集まった。

大滝さんとは深井美奈子さんの出版会が数年前に渋谷で催され、そこでお会いしたのが最後となった。

前にも記したと思うが、高瀬一誌さんとともに大滝さんは短歌新聞社の縁の下を支えていたような存在で、何かにつけ石黒社長を影で支えていたような方であった。

こんな思い出がある。一九八二年（昭57）の七月、大滝さんに誘われて東京駅丸ノ内側にあった俳人の鈴木真砂女さんの営む料理屋卯波へ連れていってもらった。当時の真砂女さんはお幾つくらいだったろうか。テキパキと機敏に店内を動きまわり、愛想よくお客さんたちと応対されていた。

千葉の鴨川出身だと聞き、小生と同県人ということで短い時間ながら、なごやかにお話した。後に真砂女さんは蛇笏賞まで受賞されている。亡くなられた後、お店はどうなっているだろう。

一九八二年七月三十一日、九九九号、一〇〇〇号、一〇〇一号の記念号を完成した「心の花」は、学士会館にて講演会終了後、場所を日比谷の帝国ホテルに移してまことに盛大な一〇〇〇号祝賀会を催した。

司会進行を任された小生は、歌壇内外の御歴歴の集まりにかなり緊張したが、なんとか進めることができた。

歓談中、来賓の葛原妙子さんに「後でひとことお願いします」と声をかけると、「私、話すのは苦手なの」と言われ、しばらくして会場を後にされたことを記憶している。しまった！　黙っていれば良かったと後悔した。

とてもシャイな方だったのだろう。葛原さんとお会いし、会話を交わしたのはそれが最初で最後となってしまった。

それでも山本健吉先生や鶴見和子さん、五島美代子さんや齋藤史さんをはじめ各界の名士からスピーチを頂戴した。司会進行の役を多く務めてきた小生であるが、この宴の時ばかりは緊張を余儀なくされたものである。

さて、翌月の八月のことである。下旬の二十日、てんてこ舞いの一日を経験した。

それは、吉野に住む前登志夫さんご本人からの希望で「短歌現代」に連載を書かせて欲しいとの申し出があったことに因る。

「詩的遊行――われ等が歌を生くる日に」という題を決めていて、電話で新聞社に連絡があった。小生も社長もとても喜んだ。

しかし、連載初回、二回目はかなり遅れながらも原稿を吉野から送っていただいたものの、三回目の九月号がとうに締切りを過ぎても届かない。

雑誌の毎号の納本日は二十一日と決まっていたが、ようやくにして、間一髪、稿を受け取れたのはその前々日、しかも夜中になってしまったのである。

当時「ヤママユ」の会員であった小林幸子さんが前さんからの指令で羽田空港まで行って航空便をキャッチし、その足で東京駅まで運んでくれたのである。ケータイのむろん無い時代、小林さんは電話を何度もかけてくれ、持っていく場所と時間を決めたのである。

小林さんから手渡された稿を小生は走って神田駅近くの出世不動通りの協同印刷へ運んだ。印刷所は、夜を徹して原稿を組み、輪転機にかけ、翌日の納本日に間に合わせてくれたのである。

なにしろ当時は活版印刷の時代、間一髪、翌日に九月号は刷り上がった。印刷屋さんがその仕事の分の請求を新聞社にしたのは言うまでもない。

なんとか、翌日に「短歌現代」九月号は刷り上がった。本当にやきもきした一日を経験した。疲れて何とも言えなかったことを今も覚えている。連載はこれでは不可能に近いと思い、前さんにその旨を電話した。前さんもしぶしぶながら納得されたが、毎号の雑誌、こうするより方法は無かった。

春日井建さんもいつもぎりぎりに稿をいただいていたが、ぎりぎり間に合わせてくれたものである。前さんはその次元が違っていた。編集者としてはとても面倒な先生であった前さんであるが、憎む気持ちにはちっともなれなかったから不思議な方だと今も思っている。

この九月号の特集は八月号に続いての「往復書簡」であったが、（次号にこの特集について記す）もうお一方、やはり締切りぎりぎりに稿を受けとった方を記憶している。

この度、文化功労賞を受賞される岡井隆さんである。

詩人の北川透さんとの往復書簡の稿で、北川さんが岡井さんに送った書簡を岡井さんが受け止めて記す内容である。

場所は同じく東京駅、前さんの超ギリギリに受け取った稿の三日前の十七日、名古屋から岡井さんは新幹線で稿を持参してくれたのであった。

ファックスは使えなかったのであろうか。後記に小生はこう記している。「岡井隆氏から電話があった。移動書斎で名古屋から北川透氏への返信を持って駆けつけるという。東京駅で二時間話し合い、岡井氏は九時の新幹線で戻られた」と。

そんな暑い最中の八月だったが、九月初めには昭和一九年会が初めての研究合宿を奥多摩で催すこととなった。

川井という場所だったか、多摩川沿いの民宿での勉強会である。大島史洋と宿の前の川べりで寝ころんでいると、この会に初参加という「心の花」の斎藤佐知子さんがゆっくりと歩いて来た。

「どんな方なの？」と初めて会う大島は期待していたようだった。「あの向こうからゆっくり歩いて来る方がそうよ！」と小生は言った。「あの人かあ」と大島は言った。晴れたいい天気の午後であった。

「往復書簡」の特集

一九八二年（昭57）の「短歌現代」はさまざまな新企画を編んだ。五月頃だったか、玉城徹さんが新聞社に見えた。話があるからちょっと呑もうと言われる。

高円寺の居酒屋に入った。「実は塚本邦雄さんと話し合いたいんだが……」と言われる。「対談ですか？」と聞くと、「どんな形でもいい、書簡形式でもいい」と言われる。「僕が塚本さんに質問やら問題を手紙形式で出して、それに応答してもらう形でもいいが」と強く希望された。

こうして、注目すべき特集「往復書簡」をその年の八月号九月号と二回続けて試みることを決めたのである。

塚本邦雄と玉城徹の書簡だけでも良かったが、やるなら数人の方々を組み合わせたほうが更に受けるにちがいないと思い、数組のメンバーを考えた。

トップに玉城徹&塚本邦雄、そして、伊藤一彦&高野公彦、三枝昂之&永田和宏、井辻朱美&阿木津英、小池光&田井安曇、翌月号には、北川透&岡井隆、河野裕子&馬場あき子、菱川善夫&篠弘、道浦母都子&石川不二子、来嶋靖生&千代國一といった組合せを考えた。とても興味ぶかいメンバーであろう。

早速、玉城氏が塚本氏へ宛てた書簡の一部を紹介したい。

「この度の湊合歌集を拝読しながら、今さらのごとく痛感いたしますのは、この三十年ほどの間に、わたしがお作品から測り知れぬほど大きな恩恵を蒙ってきたという一事でありまます。——昭和二十六年刊の『水葬物語』を、わたしが最初に拝見したのは、じつは、北見志保子さんのお宅においてでした。——しかし、わたしはその頃、大へん立ち遅れた、しかも不安定な状態にあって、手も足も出ないような、われながら情ない心境にあったものですから、ただ黙っているより仕方がありませんでした。」

盗賊のむれにまじりて若者らゆき果樹園にせまりくる雨季

刺客らの集まる夕べ軍楽ははなやかにくらく地下より湧き来

これらは、装飾風もしくは意匠的な歌ではいささかもありませんでした。

にくしみに支へられたるわが生《せい》に暗緑の骨の夏薔薇の幹

拉《ひし》がれし睡りのすゐ織くからみあひたる地下の薔薇の根

『装飾樂句』の中から、これらの作品だけを抄出することは、偏りすぎた見方だという非難があるかもしれません。この一冊をひそかに貫いているテーマは、見きわめがたく混迷し、卑俗化してゆく時代の中にあって、自己の使命をひたすらに生きのびようとする意志ではなかったでしょうか。——ところで、わたしの方はと言えば、あいかわらず蹉跎たるありさまだったのです。わたしは日本共産党に入党し、教員組合の中で活動し、地区の仕事をも少々引き受けました。——そうした党生活の片鱗は、『馬の首』の中にとどめられているのですが、それは、当時の党文学者たちの作物とは、余りにも縁のなさすぎるものと言えましょう。——要するに、わたしの生にとっては、虚構は、超越的な何ものかだと言うことができます。——あなたの自在なるメタモルフォーゼのあざやかさと、わたしの遅々たる歩みの心もとなさとが、面白い対照的な眺めを、現代の人々に提供するのではないかということに、わたしは、いささかの慰めを発見しているところです。わたしの東北人的な蒙昧な魂にとっては、どうも、牛歩のみがふさわしいようです。イエスの中に「性格のアンバランス」を愛するあなたの透明な人間信頼は、わたしの望んで及び得ざる別世界のような気が致します。」

塚本氏はこの書簡に快く答えてくれた。長い書簡なので引用に苦労するが、断片のみを紹介したい。

言ひがたき悲しみもてば夜の空氣あらあらしきまではなのにほひす

「既に四半世紀の歳月が過ぎました。『玉城徹作品集』の「馬の首」に含まれる作品群を、初めて、纏まつたかたちで読んだのは、昭和三十一年七月号「短歌」の「戦後新鋭百人集」でした。しかも誌上では、五十音順排列のため、玉城徹・田谷鋭・千代國一・塚本邦雄と、二人を隔てるのみの近さ、一種の親近感を交へて、幾度となく読み返した記憶があります。——冒頭に掲げた一首のみからしても、私が「わが党の士」的愛著を感じたのも自然なことでした。

幾千の天体の燃えてくるめけば冬の夜空よはてしもあらぬ

胸の灼くる苦しみもてばすみわたる青の夜空よはてしもあらぬ

千年のみどり掌にみてりといふ心失はれきと霜の空を見る
太陽の青き砂片のごとき魚そらにうたふを今朝はきくべし
神の血のしたたるごとし対岸の空ひとところ黄にかがやきて

これらの縹渺たる宇宙感覚に満たされた歌が、かつての貴方の青春歌中に、まぶしい光耀を有つて鏤められてゐることを、私は何かに謝する思ひで享受します。あの寡黙で沈痛な、むしろ「静的《スタティック》」に過ぎるほどの若書の一方に、この奔放で一途なロマンティシズムが脈脈と生きてゐたことを、私自身の救ひとさへ感じます。」

両氏ともにかなり認め合い、尊敬していたことを窺わせる書簡であった。両氏の全文を紹介するページが無いのは残念だが、いつか機会があれば再掲載も考えている。

塚本の書簡の末尾は次のように記されている。

「往復書簡形式とは言へ、この度は、同時に、互みに発送して、虚空で擦れ違つた書簡と、読者にとつてもらつた方が適切かと思ひます。七月の輝く碧空で、擦れ違つた刹那激しく発光するであらうことを願ひつつ、私の方は冗長なるのみの文を閉ぢませう。」

さて、塚本邦雄と玉城徹は実際にお会いして話し合ったことがあるのであろうか。玉城さんとたびたびお会いした小生であるが、聞いた覚えはない。

後年、この「短歌往来」でも二人の対談を企画すべきであったと今は悔やんでいる。

尚、塚本氏の引用された作品は、『玉城徹作品集』に収められてないのもある。

往復書簡（続）

前号に続いて書簡の二人の文章を紹介したい。現在もっとも旺盛な作歌を続けている高野公彦、伊藤一彦両氏の往復書簡である。

一九八二年（昭57）三月号のお二人の書簡から、まず伊藤氏は「詩のアクチュアリティについて」の副題を付けて次のような文章から始めている。

「御歌集『淡青』有難うございました。第二歌集の出版を心待ちにしておりました。そして、私の方も丁度歌集を出したばかりでしたので一層の関心をもって拝読したのですが、その途中しばしば高野さんの作品から『火の橘』中の拙作を不遜にも思い起しては比較している自分に気づきました。」

右の前文の後、伊藤氏は高野作品と本人の作品を十七首ずつ紹介されている。数首のみ上げてみる。アルファベットは高野作品、無印は伊藤作品である。

A　子ら眠り妻も眠ればゆたかなる暗闇の底灯ともして読む
　三人《みたり》の子睡れるのちを妻睡りひとりグレコのイエス見てゐし
B　少《わか》からず老にもあらぬうつし身は生酔《なまよひ》に似つ湯に沈みゐて
　夜の田の蛍おびただし晩年をおもはぬ若さすでにもたざり
C　しづかなる家ゐに耐へず休日の昼すぎをボール蹴りに出でゆく

家の中に居りがたけれど居るわれに自然《じねん》の声ぞ寒禽のこゑ

伊藤氏は三首について次のように記している。

「Aの場合は御作の方が早いのですから私の方は模倣と言われたところで仕方のないところです。情景はほとんど同じです。しかし、高野さんは作者が何を読んでいるか言っていないのに対し、拙作では見ている対象をグレコの描いたイエスの絵だとはっきり言っています。つまり、御作では妻子の眠った夜の底で一人起きて読んでいるという行為が中心であるのに対し、拙作ではグレコのイエスに大きな比重がありそうです。そして、何を読んでいるか言っていない御作の方が具体的であって、私の方はグレコのイエスの絵を見ていると具体的に言いながらなぜグレコのイエスなのか抽象的というかかなり曖昧かも知れません。以下、思いつくままを簡単に記します。Bは若い年齢意識、「生酔に似つ」の篠弘さんの言われるところの体性感覚に脱帽。Cは読者に笑ってもらいましょう。」

伊藤一彦さんの文章は右の如くである。とても実直で真摯な意見と思われる。

対して高野氏の返信は「否定と慰藉」の副題があるもので、ちょっと意外な返信となっている。高野氏自身がバイクの免許証の中に、交通事故で亡くなられた時の新聞記事を挟んでいるという話である。

オートバイの　老人転倒死ぬ

という短い記事で、北海道一周という大旅行を終えて自宅まであと百キロ足らずの所で不運な事故死に遭ったことを気の毒に思って高野氏は免許証に挟んだという。

「バイクに乗っておとなしく走ってゐる人たちは、おとなしいゆゑに全く目立ちませんが、その中にはバイクの特性を自覚し、一つの〈自己表現〉または〈自己回復〉の手段としてそれに乗つてゐる人が、少数ながら確実に存在します。三浦さん（事故死の老人）もその一人だつたと私は信じてゐます。言葉ならざるその〈表現〉の中にも、動かしがたいアクチュアリティがあると思ひます。」

バイクと自己表現、なるほど興味をそそられる言であろう。続けて高野氏は逸見猶吉とパウル・ツェランの詩を引いている。

逸見猶吉の詩「報告」より

ソノ時オレハ歩イテヰタ　ソノ時
外套ハ枝ニ吊ラレテアツタカ　白樺ノジツニ白イ
ソレダケガケワシイ　冬ノマン中デ　野ツ原デ
ソレガ如何シタ　ソレデ如何シタオレハ吠エタ
《血ヲナガス北方　ココイラ　グングン密度ノ深クナル
北方　ドコカラモ離レテ　荒涼タル　ウルトラマリンノ底ノ方ヘ——》

パウル・ツェランの詩「死のフーガ」より

夜明けの黒いミルクぼくらはそれを晩にのむ／ぼくらはそれを昼にのむ朝にのむぼくらはそれを夜にのむ／ぼくらはのむそしてのむ／ぼくらは宙に墓をほるそこは寝

るのにせまくない／ひとりの男が家にすむその男は蛇どもとたわむれるその男は書く／その男は書く暗くなるとドイツにあてておまえの金髪の髪マルガレーテ／かれはそう書くそして家のまえに出るすると星がきらめいている彼は／口笛を吹き犬どもをよびよせる／……

「二篇の詩は異様な言語空間をかたちづくつてゐます。自分をとりまいてゐる状況を丸ごと拒否するやうな激しい否定精神が漂つてゐます。」

と述べた後、高野氏は伊藤氏の作品三首を上げて次のように述べている。

　月の出も日の出も見ずにあり経る日空空漠漠くうくうばくばく

　蒼空の不可視の星を言ひて説く　イサク殺さむとせしアブラハム

　鐘のなき鐘撞き堂をまがり来て東西南北いづれも暗し

「御著『火の橘』の中のこの三首などには、右の二篇の詩に相通ずるやうな激しい否定精神が、しかしかなり沈潜したかたちで、いはば沈鬱な狂気ともいふべきものとして、作中にくぐもつてゐると思ひます。」

　わが時間にかかはりのなき石蕗《つは》の花ここ水上《みなかみ》にかがやけるかな

　母菊をわれのあるじとおもふまで虔みてゐぬ深夜の独座

「慰藉といつても、どれも翳りがありますね。やすやすとは救はれないのが伊藤さんの魂の特質なのでせう。」

鉄幹・晶子をめぐる対談

興味ぶかい「往復書簡」の特集を二回にわたり編集し、やれやれと思っていたが、なにしろ月刊の雑誌、八二年（昭57）十月号は与謝野寛の特集を組んだ。編集後記でぼくは次のように記している。

「短歌総合誌で与謝野寛の特集号が編まれるのは、昭和十年寛の没後、「短歌研究」「日本短歌」で追悼の小特集が成されて以来のことである」と、新間進一氏は本号で述べている。近代短歌の先駆者、「明星」のオルガナイザー、ジャーナリスト、ますらおぶりの壮士、虎の鉄幹は、半世紀も歌壇で光をあびることがなかった。戦前のスポットは追悼の形であり、正面から寛の仕事の意味を検討するのは、どうやら本号が初めての試みになるらしい。おどろくと同時に、近代歌人への視野のいたらなさを思った。この熱血漢を問題にするのが初めてとすれば、少なからぬ足跡を残した他の近代歌人はどう扱われてきたのであろう。土岐善麿氏の云われたように、「相変らず啄木だね」、あるいは、茂吉だけだったのか。」

鉄幹の特集は晶子研究で知られる逸見久美氏と鉄幹ファンの中野菊夫氏に対談をお願いした。逸見さんは九十歳になられる今もお元気で、晶子の書簡を勉誠出版から刊行のため今も仕事に追われているらしい。昨年（二〇一七年）の十二月に久しぶりに小社へ寄られ、元気な姿を知った。逸見さんは対談でこう述べている。

「鉄幹の一生は実に波瀾に富んでいてドラマティックといえましょうか、明治六年に京都の岡崎にある願成寺に生まれましたが、十二年、鉄幹の七つの時に学僧でした父礼厳は公益事業の失敗から一家離散の生活が始まり、京都から鹿児島、京都、岡山、徳山と十三年間、家庭の事情で転々と居を変えています。その間、二度養子にやられたりもしています。二十五年に上京してから四回渡韓していますし、三十二年になってやっと東京に落着くようになりますが、晶子と一緒になってから晶子の方が重んぜられ、とくに「明星」廃刊後はひどくなってゆき、今日でもその傾向が強いのです。何で晶子ばかりが重んじられて鉄幹を重んじないのだろう、作品そのものに魅力がなかったという人もいますけれども、歌そのものを比べてみますと晶子のほうがわかりにくい。鉄幹のほうが比較的わかりやすいのです。でもどうしても晶子を知るためには鉄幹を知らなければならないという必要に迫られて、というよりもそうでなければほんとうの晶子研究が成り立たないと思うんですね。それがいまはやたらに晶子ブームというんですか、没後四十年ということで白桜忌には堺市では沸騰するように大ぜいの人が集まりましたけれど、寛の生地の京都ではさっぱり顕彰しようとしないんですね。」

中野菊夫氏はこう答えている。

「確かに晶子は天才的で、読めば読むほど敬意を払いますよ。しかし晶子と鉄幹を並べると、どうしても鉄幹の人生というもののほうがたけ高いという感じがするんですね。

鉄幹に対する魅力がないというのは、鉄幹をよく読んでないいんじゃないかという気がするんです。鉄幹のものは今日なかなか手に入りにくい。文庫本ひとつないんですよ。」

逸見さんはこう答えた。

「文庫にないですね。わずかに『東西南北』『天地玄黄』が明治書院で復刻されました。あと『紫』も複製されましたが。」

二人の対談は今読み返しても興味ぶかい。中野さんはこうも述べている。

「時代のことを考えますと、「明星」が最盛期の時代に寛や晶子の歌がどのくらい読まれたかというと、たいへんなものですよ。その時代には、明星の歌が圧倒したわけです。写生派の歌は問題にならない。――日清・日露の戦争でともかく日本が何とか勝利をおさめた。ヨーロッパの文化が日本に入ってきた。こういう傾向の中で、新しい西欧的な感覚を取り入れた「明星」の歌が発展しないはずはないんですよ。」

お二人の話は、愚庵や鷗外や子規とのかかわり、鉄幹や子規における万葉や古今とのかかわり、「明星」の秘話など、かつてない鉄幹と晶子をめぐる話題についての対話となった。中野さんが大きな鞄に寛の資料をいっぱいに詰めこんでこられたのを今もよく記憶している。

この対談の直後に「潮汐」を主宰され、紙塑人形で人間国宝の鹿児島寿蔵先生が逝去されている。八十三歳であった。一度だけお見かけしたことがある。変な話だが、ある会の途中でトイレに隣り合わせたのである。

妙なことを述べて失礼だろうが、しかる場所に入るや、男のする所へ小走りに直進してきたのである。チラッと見ると偉い先生だったのを昨日のように思いだす。

なお、この年末に四十年近く続いた先生の結社は廃刊となった。

いろいろあった一九八二年（昭57）だったが、最終号の十二月号は「次代のホープ」の特集を組み、二十四結社から三名以内の新人を紹介していただくよう各誌の代表にお願いした。

多くの歌人の名前が上げられているが、現在活躍されている歌人は小生の見るかぎりたったの五名。「塔」の栗木京子、当時「創作」におられたらしい山中律雄、「地中海」の関根和美、「氷原」に入会中の加藤英彦、それに「香蘭」の松田恭子各氏であろうか。

期待される新人の残る確率はこれだけで確かめるわけにはいかないにしろ、極めて低いと思わざるをえない。

新聞社はいよいよ好調で、編集六年目を迎えていた小生もリズムに乗ってきた時であったが、家内の躁鬱病が悪化し、二、三度早退して病院へ連れていかざるを得なくなった。心配して家内の父や母が大阪から来京して病院へ駆けつけてくれた。

ちょうど大枚を借りて家を新築中の頃、十月中旬には大工さん十名とともに上棟式を行った。そんな時でも呑むのも仕事、今は亡き竹内温さんをはじめ、大坂泰さん、新井貞子さん、中川昭さん、国見純生さん、冨士田元彦さん、小紋潤くんらと高円寺、阿佐谷、新宿で呑みかわしていた。

塚本邦雄&龍膽寺雄

「短歌現代」も創刊八年を迎えようとしていた。その一月号は第七巻一号（通巻六十九号）に至った。

巻頭作品に香川進、三十三首を塚本邦雄、十首に木俣修、島田修二、吉村睦人、石川一成、十二首は若手の時田則雄、今野寿美、恩田英明、王紅花、花山多佳子、山西雅子、関根和美、永井陽子各氏らが並んでいる。

さらに、以前にも催した異色作家集として評論家の松永伍一、作家の椿實、詩人の遠丸立、評論家の加太こうじ、国文学者の島津忠夫、文芸評論家の大河内昭爾、爬虫類研究家の高田榮一各氏に作品をお願いした。

とても異色のメンバーであろう。評論も中田耕治氏に「現代短歌を読む」のタイトルで依頼できた。

この号以前に遅れに遅れて連載を三回で終了したと思っていた前登志夫氏の「詩的遊行」がなんと掲載されているのは小生も気づかなかった。もう一度、やり直したい気持が前さんにあって送ってこられたのだろうが、やはり次からは原稿が届くことは無かった。

さて、塚本邦雄氏から受け取った「歌人豹變」三十三首を読んでいると、オヤッと思うことがあった。次の作品である。

春祭木末《こぬれ》はためく夕映に青年下科醫笛吹きゐたれ

読者はすぐに気がついたことであろう。「下科醫」？　いや、塚本邦雄のみずからの筆記である。なにか意味か含みがあるのではないか、長く迷ったが、やはりおかしい。意を決してご自宅に電話をかけてみた。

「先生からいただいた作品の「春祭……」の作品の「下科醫」は「下」でよろしいんですか？」と。

間をおいて塚本氏はこう述べた。

「一生の不覚です！」と。

数日を経て、塚本氏から高級ブランデーが小生の自宅に侘び状とともに送られてきた。ビックリしたのは言うまでもない。勿体なくて五年以上小生は大事にしまっておいたものである。それなら代りに色紙でもお願いしておけば良かったろうか。

塚本邦雄氏にとってほとんどあるまじきミスであったのだろう。以降、塚本さんは事につけて小生を遠くからあたたかく見守ってくれたような気がする。本誌を創刊してからもずっと応援してくれた。感謝している。

後年、毎日新聞の「今年の秀歌」欄に小生の、

疲れたる吾《あ》をねむらしむあずさ号大月駅を過ぐるころ雨　『天心に帆』

を抄出してくれたり、他でも別の作品を秀歌として紹介していただいたこともある。お亡くなりになられるまで、編集者としての小生もあたたかく支えてくれた方だったと思っ

ている。

さて、この新年号には「短歌散歩」の連載エッセイを長く記されている久保田正文氏が興味ぶかい文章を記されている。

「アララギ」の五味保義追悼特集について触れている文章で、文中、作家の龍膽寺雄が追悼号に加わっていることを記したものである。

龍膽寺雄は茨城の出身で、同郷の長塚節をこよなく尊敬し、その縁で五味保義ともかかわっていた一文である。

この号の編集後記にて、小生は次のように記した。

「久保田正文氏が「短歌散歩」で「五味保義追悼号」について触れ、その中で龍膽寺雄氏に触れている。『放浪時代』『魔子』で一世を風靡した流行作家、モボモガの流行語を生んだのは余りにも有名である。以前、わたしは縁あって中央林間の龍膽寺家へ毎月のように訪れたことがある。庭はサボテンだらけ、氏は著名なサボテン研究家でもある。」

一九七〇年（昭45）三月、水道橋三崎町にある三崎書房のＪＵＧＥＭ編集室へ入社した小生が初めて手にした雑誌「えろちか」の特集号は「龍膽寺雄ＥＲＯＴＩＣＳ傑作選」であった。

二年後、龍膽寺さんに連載「エロスの騎士たち」をお願いすることになり、小生は担当者として二年ちかく小田急線の中央林間ちかくのご自宅へ毎月原稿を受け取りにうかがった。

当時は代々木上原に住んでいた小生、小田急線は慣れていた。中央林間駅から杉林を抜けると龍膽寺邸があり、はじめて見た庭にビックリした。あらゆる種類のサボテンだらけ、先生が東洋一のサボテン苑を持っていることに驚いたのである。

後年『シャボテン幻想』(毎日新聞社)を読んであらためて龍膽寺さんの特異な研究を知ることになるが、誠にふしぎな作家であった。

知る人ぞ知る、と言ったらいいだろうか。この家で昭和十年代には上流階級の方々や作家の周辺の方々が集まり、乱交パーティにちかい宴が催されていたという噂も知った。

真実かどうか不明だが、こんなエピソードもある。一昨年逝去された小社の住正代さんが小田急に乗って自宅のある海老名へ向かっていると、目の前に座っている老人がとても清楚な花を持っていて、住さんが「きれいネ」と述べてしばらく花の会話になったという。

植物好きで、花鳥に詳しい住さんと老人はしばらくお花談義を交わしたという。そして、老人はその花束を住さんに気前よく差しあげたというのだ。

老人は相模大野で下車したという。年格好やふるまいを住さんに聞いているうちに、その老人はきっと晩年の龍膽寺雄さんではないかと僕は住さんに述べた。

住さんはもちろんその作家を知る由もないが、話を聞いていると、龍膽寺さんならそういう行為や親切をするにちがいない。

もちろん小生の推測であるが、ほぼ間違いないと思っている。

エピソード二つ三つ

いつの間にか新聞社で働いて七年目に近くなっていた。三十八歳、給料は相変らず少なかったが、それでも夜な夜な高円寺の小さな居酒屋やバーを中心に、二十代から通っていた阿佐谷のバーぶ〜けや一番街のゆき乃へもちょくちょく出かけた。

愛読していたマンガ「どくだみ荘」を思わせるような東高円寺のボロアパートに住んでいた頃から、毎晩のように呑みに出かけた高円寺の居酒屋「赤ちゃん」へも性懲りもなく暖簾をくぐった。ここはチューハイの元祖とも呼ばれた店で、芸術家崩れのような画家やふところのいかにも淋しそうな若者がたむろする店で、老女がひとりで仕切っていた。

新聞社や後に現代短歌社に籍を置いた今泉洋子女史に二十代の頃に紹介された高円寺の当時の有名な店である。

二十代の頃は、当時仲の良かった佐山哲郎君（「詩歌」の歌人で、現在は俳人として知られ、下谷の西念寺の住職）ともここでよく呑んだ。

老舗の出版社である弘文堂に勤務していた朋友の小林忠次氏もよく連れていった。後にながらみ書房を興した折に、五坪ほどの部屋の三分の一を貸してくれた恩人である。

前にも記したかと思うが、弘文堂の『江戸学事典』を最後に退き、花林書房を興した方で、残念ながら八年ほど前、六十五歳で亡くなられてしまった。

外界がある日、突然まっ白く見えるという奇病であった。ながらみ書房を始めた昭和六十年頃、二人だけで小田原の大雄山線に乗り天狗で知られる最乗寺へ行き、さらに湯河原の温泉へ浸り、外へ出て、当時残っていたストリップ劇場へも二人で入った。「若い娘が踊っているよ！」のオバさんの呼び込みにつられて酔いにまかせて入ると、そのオバさんが脱ぎはじめてふらふら踊る仕草を始めたのである。

小林さんと「えらい所へ来ちゃったな」とうなだれた。

しばらくオバさんの気持悪い踊りを見ていると、小林さんはグウグウいびきをかき始め僕のほうが人がいいのであろう。眠気を我慢してしばらく舞台を眺めていた。オバさんは仕事柄、見るに耐えないような両足を開いては踊る仕草をくり返していた。

小生の第二歌集『天心に帆』の中にその折のことを詠んだ珍作がある。

　おこないの淋しき中年男二人湯の街にきて見るストリップ
　一人は婆あ一人はお化け入場料ものかは小林君いねむりはじむ
　ここに来て見ぬは失礼さはいえどわれは視線をやかんに向ける
　お兄さん此処があなたの古里といわれてみれば軽くうなずく

まことに恥ずかしく情ない作であろう。歌集を刊行した直後、河野裕子さんから家に電話があった。

「歌集読ませてもらったわ。あのストリップの一連に大笑いしたわ。アハハハハ。とても面白かったけど、どうしてやかんに視線を向けたの？　なんでやかんか分からへんかったの」といわれる。

狭い舞台ではあったが、晩秋の夜、暖房が無くその隅にやかんでお湯を沸かしていたのよ、と小生は返事をした。裕子さんの笑いは止まらなかった。

裕子さんは知っている方ならご存知だろうが、かなりの電話魔で、ちょくちょく電話をかけてこられた。たまに来京されてお会いすると、「久しぶりねぇ、及川さんとはいつ会ったかしら？」というのが口癖であった。

さて、昭和五十七年十二月二十六日、「結社の編集部」の撮影で「音」短歌会を訪れた。社の松原武司君とともに上石神井駅へ行くと、会員の桜井康雄さんが待っていてくれた。小雨の中をなぜか桜井さんは傘をささなかったことを記憶している。

主宰の武川忠一邸には、武川先生をはじめ内藤明、小口信治、鶴田佐智子、俵谷晴子、大里佳与各氏らが揃っていて、今井恵子さんが少し遅れてやって来られた。

武川邸は二階建ての小ぢんまりとした家で奥さまも元気な声を上げていた。

「音」はこの年の九月に創刊したばかりだったが、既に二〇〇名ちかい会員が集まっていたという。香川県には玉井清弘さんや糸川雅子さん、舞鶴には造酒廣秋さんがいて、その方々とは電話で仕事を進めていたらしい。

撮影が終了し、夜の宴をもてなしてくれた。内藤さんと大里さんがとてもいい仲だという話もこの夜を楽しくさせた。もし一緒になったら先生ご夫婦の媒酌でなどと、皆で冗談まじりに談話していると、突如、内藤さんが、大里さんに向かって、「ボク、君のこと好きなんだよ！」とプロポーズしたのである。

酒の力も加わってのことだったろうが、一同、目を見張り、拍手をしたように覚えている。先生夫婦もその言葉を待っていたかのようにとても嬉しそうな表情をされた。松原君と小生も大いに喜び、笑った。

「結社の編集部」の撮影にも多くかかわったが、もちろん初めてのハプニングである。

あれから三十四年も過ぎただろうか。内藤さんは今や「音」短歌会の編集人となり、早稲田大学の教授を続け、宮内庁の歌会始めの選者にまでなられている。

酒呑みが撮影に訪れ、場の雰囲気を盛り上げたと思っているが、どうであろう。十二月二十六日の歳晩の日で、年末で内藤さんは人生の勝負に出たような気もする。

もうひとつ、昭和五十七年一月号より雑誌の編集人として小生の氏名が銘記されるようになった。

何かで訴えられた時に、編集発行人・石黒清介だけだと、雑誌の存続が危ぶまれますよと、社長に述べたのである。戦前の雑誌で、官憲に目をつけられていた時にそうしたことがありました、とかなんとか述べて社長を説得したのであった。

創刊号から編集し、後記を書き続けているのに、未だ編集人の名前を銘記していないのは時代遅れだとも説明した。

意外にも社長はすんなりと「分かった」と述べてくれた。そうであろう。もう七年の間懸命に企画を立て、ほとんど小生ひとりで雑誌を作ってきたのだから。

職業の歌人の企画

一九八三年（昭58）の二月頃だったか、歌舞伎界の名優、坂東玉三郎の義母である藤間勘紫恵さんの歌集の出版会に出席した覚えがある。

新星書房から刊行された歌集についての書評を、只野幸雄さんが発行していた「短歌公論」に小生が書評した縁で呼ばれたのである。たぶん前田透先生が小生に執筆をと指示したのであろう。

司会進行をNHKの名アナウンサーとして知られていた山川静夫さんがされていて、その見事な進行とともに歌舞伎界や各界の方々が参加されていて、とてもユニークな会に加わった。

なんでもその折の山川さんの司会料は百万だったという噂もあった。

それが縁となり、勘紫恵さんの踊りの舞台へ二回ほど招待されて行ったことがある。病みつきになることは無く、いつの間にか縁は途絶えてしまった。

同一九八三年二月号「短歌現代」は「職業と歌人」を企画した。酪農の石川不二子、農業の板宮清治、果樹園の宮岡昇、茶道の岡山たづ子、御嶽《みたけ》神社神官の金井国俊、開業医の森本秀子、書店経営の阿久津善治、広告代理店経営の芝谷幸子、僧侶の大下一真、ネクタイ販売業の田村広志、NHK海外業務の塩野崎宏、消防吏員の真行寺四郎、タイル工事請負業の海津耿、電電公社職員の外塚喬、バー経営の桑原杏子、鉄道公安官の御供平佶、各氏らに登場いただいたもので、小誌「短歌往来」がおりおり企画している「ハード・ワーキング」の前身といった内容である。

もちろん仕事中の写真を添えたもので、今読みかえしてもとても興味ぶかい。既に故人となられた方も多く、歌作を止めてしまっている歌人もいる。七十代以上の今日の歌人にとっては懐かしい方々であろう。

金井国俊さんの御嶽神社は確か東京青梅市の御岳山山頂にある有名な神社であろう。金井さんは玉城徹の「うた」短歌会の会員で、ご本人からこんな話を聞いた覚えがある。

毎年正月にこの神社では太占《ふとまに》という一年の吉凶を占う儀式があるというのだ。鹿の骨を焼いて、確かその割れ具合の形によって吉凶を判断するという話であった。

今も催されていることだろう。一度だけ御嶽山に行ったことはあるが、平日だったのでもちろん見ることは無かった。見晴らしのとても良い神社である。

果樹園を営んでいた宮岡昇さんの飯能へは一度うかがった覚えがある。田中佳宏さんや水城春房さんが中心となって催していた芋煮会があり、途中で寄ったのである。

なんと、小生が結婚した頃、幼稚園に勤めていた家内も遠足で宮岡さんの葡萄園に行ったという話もある。

宮岡さんとはよくお会いしたが、こんな話の思い出がある。

誰かの出版会の席であったろう。宮岡さんから「あなたは酒をよく呑むそうですが、葡萄酒とワインは違うのですか?」と聞かれたのである。

当方は既にだいぶ酔っていて、さて、何と答えようか……「それは違います。葡萄酒は日本の産で、ワインは西洋のものでしょう」とだけ述べてしまった。

宮岡さんはにこっと笑い、「そうか」とだけ返事をされた。

読者の方々はどう思われるだろうか。今ではワインとかワイナリイの名称が甲州でもどこでも用いられている。葡萄酒と言ったら時代遅れになるだろうか。

芝谷幸子さんも亡くなられたが、短歌新聞社へよく出入りし、「ポトナム」の広告を持参されていた。飯田莫哀さんという歌人も広告の仕事をされていて、よく新聞社へ顔を出されていた。夕暮に師事し、後に橋田東聲の「覇王樹」へ移られた方だった。

さまざまの職業を持っていた歌人諸氏、多く亡くなられた。お元気らしいが、石川不二子さんは歌を断っている。今も同じ仕事をされて健在なのは、鎌倉瑞泉寺の和尚の大下一真さんくらいであろう。氏と小生の編集業くらいといっていい。

田村広志、外塚喬、御供平佶諸氏は健在だが、皆さん仕事を止めている。

この年の一九八三年四月四日、長きにわたって歌人として学者として活躍された木俣修先生が逝去された。当日、「形成」会員からの訃報を受けた小生は、そのことを石黒社長に告げると、社長はがっくりと肩を落とした。

翌日の五日に小田急線の豪徳寺で通夜があり、社長ともども参列した。寺の桜が満開だったことをよく記憶している。

吉野昌雄氏や大西民子氏をはじめ、外塚喬氏や林田恒浩氏、久保田登氏もがっくり肩を落としたことであろう。

小生は前にも記したかと思うが、「短歌現代」の先生の連載「明治短歌史」の原稿取りに二年あまり毎月、井の頭線高井戸にある先生宅へ原稿を受け取りに行った。

その月の四月三十日、新聞社へ突然福島泰樹が顔を見せた。「オイ、寺山さんが危篤だぞ、見舞いに行こう」と言うのである。

たまたま新聞社へ寄られていた稲葉京子さんも「私も連れてって！」と言われる。夕刻三人で阿佐谷の河北病院へ向かった。

周囲に芝ザクラがたくさん咲いていたのをよく記憶している。

病院の中へは入れなかったが、外から福島が大声を上げた。「寺山ガンバレ！」と。福島三十九歳、小生は三十八歳、寺山修司は四十八歳くらいの頃であったろうか。

しかし、寺山さんは四日後の五月四日、帰らぬ人となった。昭和四十年代の初めより寺山さんと出会い、天井棧敷の「青森県のせむし男」や「毛皮のマリー」等々の旗上げ芝居を見、卒業した大学の講演会に佐佐木幸綱氏と寺山修司を呼ぶ手配をしたのも小生である。

新聞社での講演会、また吉本隆明との画期的な対談も小生が企画したものである。

冨士田元彦さんとも病院へ寺山さんを見舞った時のことも忘れがたい。そして、「えろちか」編集時代にも執筆していただき、異色の絵師や芥正彦氏（東大全共闘）らも紹介していただいた。

30代歌人のこと

一九八三年（昭58）三月号の「短歌現代」は、「30代歌人の現在」の特集を企画した。「短歌往来」の二〇一七年七月号とまったく同じテーマで、実に三十四年ぶりに小生は同じ企画を催したことになる。

もっとも内容は異なり、その時は「自選二十四首」と「アンケート・衝撃をうけた歌集」についてお願いした。今、その号を開くと、なかなかレベルの高い三十代だったことが分かる。

主な歌人を上げてみると、御供平佶、三枝昻之、佐藤孝子、小泉桄代、外塚喬、小高賢、大島史洋、桜井康雄、竹安隆代、久々湊盈子、沖ななも、下村光男、河野裕子、時田則雄、三枝浩樹、松平修文、永田和宏、長田雅道、小池光、山本登志枝、道浦母都子、近田順子、大山敏夫、小紋潤、花山多佳子、恩田英明、王紅花、大下一真、造酒廣秋、佐保田芳訓、阿木津英、元木恵子（現在は佐藤恵子）、島田修三、吉岡生夫、永井陽子、遠山景一、影山一男、今野寿美、糸川雅子各氏である。福島泰樹が加わっていないのは何故だったか。

いかがであろう。今日の歌壇を背負う主要な歌人が登場している。永井さん、河野さん、小高さんは残念ながら他界してしまったが、多く今日活躍され、雑誌の主宰者や大黒柱になっている方々もかなりいる。

「短歌往来」の特集の三十代歌人もやがては歌の分野の先頭に立ち、時代をリードする方々となるにちがいない。ちょっと心配だと思うのは既に七十代前後に達している当時の三十代歌人の親心にちかい心情であろうか。

「短歌現代」はこの特集に岡井隆氏から文章を寄せていただいている。四〇〇字十四枚ほどの「30代歌人へのメッセージ」と題するもので、その一部分を紹介したい。

「ぼくは『日本の〈うた〉はどこにあるか』という設問にふかくこだわって行くべきだとおもうのです。詩・歌・句と、わかったようなわからないような区別がついてしまったため、〈壇〉とよばれる人間関係は、どうしようもなくエスノセントリズムを強いています。これは、歌壇にかぎらないので、小説中心の文壇はもっともはげしく、詩壇も俳壇も、例にもれません。

だから、たとえば吉本隆明氏とか、大岡信氏とか、藤井貞和氏とか、あるいは、筑摩書房の近代詩人選を書いて、近代詩人の〈短歌〉の意味について、とりわけ〈うた〉という定義しにくい精霊のような存在について書いた人たちの仕事は、歌人たちの——とりわけ若いあなたたちの手で、もう一ぺん、検証し直さなければならないとおもうのです。若々しい（ぼくなどの全く知らない）モチーフにつき動かされつつ、検証されるべきなのです。」

岡井氏はこう述べた後、古代以来の和歌史、明治以後の近代詩歌史への関心への希望を三十代歌人へのメッセージとして結んでいる。

三枝昻之、永田和宏、島田修三、小池光、大島史洋、小高賢各氏らの近代短歌史を検証する仕事の成果はあったと思われるが、さて、今日の30代歌人諸氏の今後は実作とともにどのような研究をされてゆくだろう。

なお「短歌現代」のこの特集では座談会も催している。「30代歌人を語る」のテーマで、岡部桂一郎、長澤一作、篠弘、佐佐木幸綱、河野愛子の各氏で、自分たちの三十代、かつての三十代歌人との対比、三十代歌人への希望等、興味ぶかい討論がなされている。

今日の三十代、といっても三十代初めから後半まで10年の差はあるにしろ、複雑化し、世界的に危機を孕んでいる現代社会の中で、どのように新たな作品や論を為してゆくか、大いに期待したいものだ。

編集者として当時の小生も三十代後半、今は七十代になってしまった。編集者も有能な若い世代が必要なのであろう。中井英夫も冨士田元彦も秋山実も、若い元気な時に有能な歌人を登場させていた。

さて、三十四年ほど前の若い世代は多く結社に属していたかと思われるが、今回登場された方々はどうなのであろう。意外にも、想像していたより結社に入っている方々が多いように思われた。昨今は同人誌や個人誌で作品を発表している方も多いと思われるが、やはり尊敬する歌人の元へ入られているのであろう。

ただし、結社の現在の大小はその頃と比べてかなり変貌している。当時の歌誌現勢表ベスト20というのが「短歌新聞」に掲載されていて、それに拠ると、トップは「アララギ」

で、以下、「コスモス」、「歩道」、「形成」、「潮音」、「水甕」、「しきなみ」、「地中海」、「創作」、「短歌芸術」、「窓日」、「からたち」、「沃野」、「白夜」、「原始林」、「ポトナム」、「白珠」、「国民文学」、「橄欖」、「龍」の順となっている。

今日では「塔」や「未来」が圧倒的に会員の多い結社といっていいだろう。しかし、二誌とも当時はそれほど会員は多く無かった。

同年七月号八月号は前号にも触れたが、この年の四月五月に誠に惜しまれつつ逝去されたお二人の追悼特集を組んだ。七月号は木俣修、八月号は寺山修司の追悼である。

木俣先生は七十七歳で亡くなられたが、小生はもっともっと上の方だと感じていた。今の小生よりたった四歳上の年齢とはとても信じ難い。われわれ昭和一九年生れ世代が幼いのか、明治生れの方の貫禄がそのように思わせるのか、おそらくどちらも当てはまるのだろう。

追悼文は福田清人、吉野昌夫、久保田正文、玉城徹、篠弘、大西民子各氏、ご子息の木俣章氏らにお願いし、回想文を加藤楸邨、瀬沼茂樹、上田三四二、西山松之助、石原八束、北原隆太郎、鈴木康文各氏に依頼した。木俣先生の交友の広さがお分りであろう。

小生はその号の後記に次のように記している。「本誌創刊当初、〈明治短歌史〉の稿を受けとりに行ったときのこと、木俣氏はこういってくれたことがある。〈いつも原稿遅くなって迷惑かけてすまんな。まァ、歌壇というところ、うるさい輩がいたりして大変だろうけれど、ガンバってくれ、編集者はなんといっても宝だからな……〉。」

仁木悦子さんの思い出

木俣先生の追悼号に続いて「短歌現代」の一九八三年（昭58）八月号は「寺山修司の短歌――天才追悼」の特集を組んだ。

ここは福島泰樹氏の出番だと思い、小生は氏に哀悼歌三十三首をお願いした。「望郷」と題する一連は歌集にも収められているが、吉祥寺曼荼羅での絶叫コンサートでもたびたび聴くことのできる作品である。

逆さまにギター吊られて黄昏れる帰りなんわが心の旅路
夕光に一羽のかもめ迷いこむあわれ五月を眠る男は
一メートル四方国家の幻想を求めて飛べぬ人力飛行
ああ今日は晴天にしてかもめ一羽　便所の窓から遠ざかりゆく
祖国それは身捨つるほどに霧深き海、茫漠の雲赴くところ

一首目、四首目、五首目などは小生、今も愛誦している作品で、当時の作者の生の声が聞こえてくるように思われる。

追悼文はもちろん寺山さんと生前親しくされていた方々に依頼した。塚本邦雄、松田修、仁木悦子、佐佐木幸綱、岡井隆、春日井建、安永蕗子、高取英、中川昭各氏である。

中で高取英を知る方々はどれほどいるだろうか。かつては天井桟敷の劇団員であり、やがて、月蝕歌劇団という劇団を作り、主に高円寺や中野で芝居を続けた方である。

寺山さんが「短歌現代」で吉本隆明と対談した折に、その仲介をしていただいた方で、後に小社ながらみ書房から『女神ワルキューレ海底行』という芝居の書も刊行された。あまり売れることは無かったが、芝居にもなった。この方は寺山さんのかつてのアシスタントのような仕事をされていた方、競馬予想もしていた寺山さんへ情報を集めていた方でもある。

後に大阪芸大で漫画を教える先生となったが、ここ数年、お会いする機会が無い。下北沢で七年ほど前に声を掛けられて以来、お会いしておらず、元気でいるだろうか。

さて、追悼文はどの方々も寺山さんとの思い出深い交わりを記されていて、どれも紹介したいのだが、ここでは推理作家の仁木悦子さんの文章を紹介したい。

ご存知の方々も多いだろう。かつて『猫は知っていた』の推理小説で、第三回江戸川乱歩賞を受賞されている方である。映画にもなり、確かテレビドラマにもなった作品である。ご主人を知る方は少ないか。かつて歌誌「中央線」に所属していた後藤安彦氏である。その後藤さんは十ヵ国ちかくも翻訳できる天才的な方で、小生が編集していた「えろちか」誌に長くポルノの小説『ペピの生き方』を訳されていた方でもある。

そんな縁で小生は世田谷砧にあった後藤家、つまり仁木家へ何回となく訪れていた。仁木さんは車椅子、後藤さんも身障者で部屋の中でも杖を持ち、お手伝いさんの女性も足が悪いようだった。

酒呑みの後藤さんとは話が合い、奥さんの仁木さんは車椅子のままいつも酒の肴を作ってくれた。後藤さんはとても豪快な方で、「えろちか」誌連載のポルノの翻訳表現が警視庁保安課に猥褻に当たるとして警告を受けると、保安第四課風紀取締りまで足を引きずりながら抗議に出かけたエピソードもある。

哀しい話もある。後年、すっかり友だちになったお手伝いさんは近くのアパートに住んでいて火事となり、逃げ遅れて焼死されてしまったのである。身障者で逃げ遅れてしまったという。今でもそのお手伝いさんを時々思い出す。明るいやさしい方だった。

さて、仁木さんの「寺山氏、さよなら」の追悼文の一部を紹介したい。

「知り合ったのは昭和三十二年の秋だった。幼児からカリエスで寝たきりだった私は、たまたま長篇推理小説で江戸川乱歩賞を受賞したが、その時、週刊誌のインタビューで、〈行ってみたいのはどんな所ですか?〉と聞かれ、〈どこでもいいから、人の大勢いるところ〉と答えた。二十五年間、部屋の中で天井だけを眺め、家族以外には人間の姿を見ることもあまりなかった私には、名所旧跡よりも、他人ががやがやいてゴーストップで歩いたりしている光景のほうが魅力的に思えたのだ。つまり、生きた街の光景に憧れていたのである。

このインタビューの載った週刊誌が発売されて間もなく、知らない人の名前で小包が送られて来た。中味は『はだしの恋唄』と『われに五月を』という小さな本で、特徴のある字でサインがしてあり、手紙が添えられていた。

〈行きたいところは、どこでもいいから人の大勢いるところ、ゴーストップで歩いたり止ったりしているところ――という答え、僕も全く同じです〉

この二冊の本の著者は、ネフローゼで療養中とのことだった。」

これを読むと後年寺山修司が『書を捨てよ、町へ出よう』の著を刊行した理由がよく分るであろう。

前年、つまり一九八二年十二月、永畑道子さんの『恋の華・白蓮事件』の出版会に小生は出席した。ご存知であろう。永畑さんは歌人安永蕗子さんの妹さんである。

白蓮についての資料を借りたいというので、永畑さんご夫婦の自宅へ伺った縁で、その会に呼ばれたのであった。仁木さんも来られていて、次のようにも記している。

「昨一九八二年十二月、永畑道子さんの『恋の華・白蓮事件』の出版記念に行った。『心の花』の晋樹隆彦さんが、「今夜は寺山さんも来るはずです。来たら連れて来ます」と言ってくれた。しばらくして、ゆっくりと近づいて来た寺山氏は、私にとっては十数年ぶりであるにもかかわらず、少しふけただけであまり変っていなかった。ただ、その顔色のわるさと、せつなそうな歩き方に、私は胸を突かれた。それは丁度、初めて会った日の彼を再現したように見えた。」

その寺山さんも仁木さんも後藤さんもお手伝いさんも永畑道子さんも安永蕗子さんもこの世におられない。

'83年のことども

「短歌現代」では創刊号より「結社の編集部」を訪れてグラビアページにしていた。一九八三年（昭58）五月には東京三鷹台にある「コスモス」編集室を訪れた。

石黒社長は業界紙の社長らしくカメラ好きで、創刊の頃はご自身で撮りに行っていたが、疲れてきたのだろう。この頃は小生と社員の松原君とで撮影にうかがった。

今、その折の写真を見ると主要な歌人でお元気なのは武田弘之、奥村晃作、桑原正紀の三氏だけ、宮柊二主宰をはじめ滝口英子（宮英子）、野村清、鈴木英夫、葛原繁、島田修二各氏は故人となられている。

六月には川崎市柿生の「かりん」編集部へうかがった。青井史さんや小高賢氏も写っているが、青井さんは十一年前、小高さんは三年前に亡くなられた。今野寿美、三枝昂之両氏の顔も当時はあった。岩田さんは六十歳頃で、馬場さんは五十代半ば頃であったろう。

「かりん」編集部へ伺った翌日の六月三十日は第十七回迢空賞授賞式があり、東京会館へ出かけた。

受賞は岡井隆氏の歌集『禁忌と好色』（不識書院）。各地から岡井さんを慕う多くの若手歌人も集まった覚えがある。

遅くなり、雁書館近くの錦友館という宿に小紋潤と泊まった記憶はあるが、もしかすると、永田和宏、河野裕子夫婦、道浦母都子さんも一緒だったかもと思われる。『禁忌と好色』については前にも少し触れたことがあるかも知れない。集中の「内と外」から「雨と日本人」までは「短歌現代」に隔月に掲載された作品群である。

当時は角川の「短歌」誌上で編集長の秋山実さんが大型の連載作品を岡井さんをはじめとして依頼されていて、それに刺激を受けたことも確かである。根っからの写実派の連載作品なら社長の石黒さんも納得したかも知れないが、その傾向の方々で毎号作品を寄せてくるような方は見当たらなかった。

同年九月号はやや定番の「現代歌人創作大集」を企画し、佐藤佐太郎、山中智恵子、吉田正俊、生方たつゑ、岡野弘彦、築地正子各氏に注目作を寄せていただいた。

特に山中さんの「星醒記」の題の二十九首は印象深い。

　ペルセウス流星群の母彗星《ほすいせい》スイフト・タットルむらぎもを欲《ほ》る

　極星《きよくせい》のあかくかがやく時到り革命もまたとほくなりゆく

次のような挽歌も含まれていた。

　聖暢仁《のぶひと》はや鳥船《とりふね》に発《た》つこころを佐竹弥生も逝きにしものか

佐竹さんは若くして亡くなられたが、才能の光る方であった。一度だけ、ゴールデン街のバー「ナベさん」で砂子屋書房の田村雅之さんと話し合っているところでお会いした。砂子屋の文庫シリーズに加わることで打合せをしていたのだろう。鳥取出身、なかなか美人の方だと思った。

さて、作品特集のこの号には初めて谷岡亜紀君の作品が載っている。「心の花」に入会して間もない頃であろうか。なかなかシャープな歌を作っていたのでチャンスを与えた。二十四歳くらいだったろうか。

「夢の遠近法」より。

青ざめて映画《シネマ》のように後ずさるバックミラーの中の夢都市

銃声が聞こえる夜を部屋にいて永谷園の茶づけ食いおり

見てごらんスタンド・バーと伊勢丹の間の路地にいま夜が明ける

一首目など、後年の加藤治郎氏の作品に繋がるように思える。新しい感覚が生まれてくる予感を持った。

以降、小紋潤とともに谷岡君ともどれだけ暖簾をくぐったことだろう。

なお、この号では投稿作品の中から大津仁昭君の作品を特別作品として選んだ。後に、『海を見にゆく』(ながらみ書房)でデビューした若手だったが、最近はどうしているのだろうか。

この年の十月号十一月号は「30代歌人の現在」の特集につづいて、「40代歌人の現在」を二回にわたって組んだ。この世代は歌壇の中心的な方々であり、第一回目は昭和九年生れから十二年生れの方々とした。

今、誌面を開くと、五十名ほどの方々のうち五分の一の方々がこの世を去っている。古明地実、黒崎善四郎、小野興二郎、林安一、西村尚、角宮悦子、大藪芳子、小中英之、真行寺四郎の各氏である。

大藪芳子さんといってもご存知の方は少ないだろう。「ポトナム」「あしかび」「層」などに所属した医師の奥さま。作品を新聞でも雑誌でも依頼すると、新幹線に乗り、お土産を持って来社された方。医者の奥さまだから経済的余裕もあったのだろう。その後、自殺されたという。

この号の編集中の八月五日、昭和一九年生れの方々の初のアンソロジー『モンキートレインに乗って』（短歌新聞社）の記念会が中野サンプラザに於て催された。昭和五十四年末に、小生と三枝昻之、小高賢両氏の三人で動き始めた一九年生れの会の一冊目の集大成の記念会である。

この会の二週間後、小生は冨士田元彦さんと二人で帯広へ向かった。フィリピンの上院議員アキノ氏が暗殺されて数日後であることを覚えている。

空港には大塚陽子さんが迎えに来られ、大塚さんの師で「辛夷」主宰の野原水嶺宅へうかがった。野原先生はだいぶ弱っておられたが（二ヶ月後に逝去）、お会いできたことを今も光栄に思っている。

夕刻、大塚さんの車で時田農場へ三人でうかがった。時田邸には先に遊びに来られていた佐佐木幸綱一家も来られていた。小社で仕事をしている頼綱君がまだ五歳くらいの時であったろう。時田則雄、佐佐木幸綱、冨士田元彦、そして小生、酒盛りがすぐに始まったのは言うまでもない。

前田透先生の死と俵万智さんとの出会い

一九八三年（昭58）下半期は多くの方々との出会いがあり、イベントも多く催された。

七月下旬、新聞社へ北浦宏さんという方が来られた。社で仕事をされている「アララギ」の古老狩野登美次さんと古い仲間で、狩野さんと同郷の群馬の方だったと思われる。

昼食の一時間を社の近くの一杯呑める所へ入った。お二人はまことに懐かしそうに一杯やりながら話し合っていた。

小生も三杯くらい日本酒を呑んでいると、いつもの通りご機嫌の狩野さんは、小生の手を何度も握りはじめた。前にも記しただろうか。一杯はいると、狩野さんはご機嫌になって人の手を強く握るのである。

慣れていた小生は振り払いもせず、なすがままにした。

会話は群馬時代の思い出だったか、土屋文明のドジョウ掬いのエピソードもあったように記憶する。そういえば、呑んでいる最中、手を握ってくる歌人はもう一人、阿部正路先生もいた。

一杯入ってご機嫌となり、話がはずんでくると手に触れるのである。手を握るくらいでも、今の世なら女性に対してならセクハラになるだろう。

八月下旬、もともと辛党の小生は高円寺駅近くの激辛カレー店に入った。ニャンキーズという名の店で、十倍、二十倍というランク付けがあった。店の壁には激辛挑戦に成功した方のネームが貼ってあった。俳優の森本レオさんは二十倍を食したらしく、大きく名前があった。

小生は十倍を選んだ。二口めまで何とも無かったが、三口めから強烈に辛さを感じた。何とか食し、当時三千円ほどのポロシャツを記念に店から頂戴した。

二十倍を食べた森本レオさんとは新聞社の隣にあった喫茶ロバで時々会っていた縁もあり、「短歌現代」にもエッセイをお願いしたことがある。背が高く、あの独得な声の個性的な俳優である。いつも店では知人と将棋を指していた。

一九八三年も多くのイベントに付き合ったが、年末も呑み会は続いた。十二月末には野北和義さんと阿佐ヶ谷のゆき乃で呑み、二十八日には水城春房さんと花あしびで呑んだ。新聞社の仕事納めは二十九日、休みに入った翌日は小紋潤君が自宅へ呑みに来た。ちょうどその日だったか、新井貞子さんが「心の花」を退会したいという電話が入り、小紋にその旨を告げると、彼も驚いた様子だった。三十一日の大晦日には、隣りの駅に住む三枝昻之氏がマグロを持ってきてくれた。正月用にと自分の車で持って来てくれたのである。

年明けの一九八四年一月五日は永田和宏さんが上京し、冨士田元彦、小紋潤とともに呑んだ。永田氏は新宿のワシントンホテルに宿を取っていたと記憶する。

翌日の六日は新年早々とあって、中野菊夫、冷水茂太両氏が新聞社へ寄られ、珍しく社長と四人で阿佐谷のゆき乃へ行った。新聞社へ入って八年目、この頃は社長も小生を誘ってくれるようになったのである。

九日は片山貞美、田野陽、中川昭各氏が新聞社へ来られ、二軒の梯子の後、やはり、ゆき乃へくり出した。

翌日の十日、前田透先生が「詩歌」のお弟子さんの須藤若江さんとともに新聞社へ寄られた。先生は全歌集の稿を持って来られたと記憶している。夕方の帰り際、先生は笑顔で小生に手を振ってくれた。「詩歌」の若い同人の佐山哲郎君や田中邦枝さんと小生が親しくしているのをご存知だったのと、小生が佐佐木幸綱の門下だったことをよく知っていたからだろう。先生はお会いすると、いつも小生に好意的で恥しかった。

しかし、三日後、先生は自宅近くの荻窪の川南の路上で暴走バイクに撥ねられ、帰らぬ人となってしまった。報を聞いて呆然とした。社長も首をうなだれ、「呑みに行こう」と誘われたのである。前田先生の訃報に何ともいえぬ寂しさを感じたにちがいない。前田先生はまだ六十九歳頃ではなかったろうか。今の小生より四歳も若かったなんて、とても信じられない。

翌日の一月十四日の土曜日、「心の花」の新年会があり、浮かぬ気分ながら中野サンプラザへ出かけた。

呑んでいると、見知らぬ若い丸ポチャの女の子が近くに寄ってきた。「はじめて見る方だけど、なんていう名前?」と聞くと「タワラマチと申します」と言う。「タワラ? マチってどんな字を書くの?」と問うと、「千、万の万の字に知るに日を書きますの」と言われる。

悪友の小紋潤も寄ってきた。「オイ、この方、タワラ・マチって言うそうだ」。「マチは千、万の万に知るに日をつけたチの字だよ」。いやらしく「マンチと読むな」と小紋に言うと、当然ながら彼もいやらしい笑いを浮かべた。

後年、超有名歌人となった俵万智姉さんとの出会いであった。小柄で可愛いい小狸さんのような女の子だったが、初見ながら、確かに何か異なる雰囲気を持っていたように記憶している。

さて、前田先生の葬儀は一月十六日、四谷の聖イグナチオ教会にて粛清に催された。冨士田元彦、藤井常世、中川昭各氏と並んで参列した。

この頃、小生は第一歌集を用意していて、冨士田元彦さんや小紋潤君のいる雁書館から刊行することに決めていたが、それを聞いた石黒社長からは「どうして僕のところで出さないのか」と怒られた。

「勤めている所より、友人の所の方が妥当だと思いましたので」と答えたが、社長はしばらく不機嫌な態度をあらわにした。

家内の松実啓子も前年に雁書館から第一歌集『わがオブローモフ』を出版していて、その記念会を催そうと、小紋潤が例によって働きかけ、新宿のプチモンドにて小紋をはじめ、玉井慶子、福島泰樹、中川昭各氏が集まってくれた。

出版会は二月二十七日、中野サンプラザに於て盛大に催された。

一九八四年の春

一九八四年（昭59）は小生が「短歌現代」の編集にかかわって八年目の年、齢三十九歳を迎えていた。酒は二十歳の頃より、煙草も当然ヘビーだったが、体力はまだまだ十分にあった。

新年号は「新春ライバル作品集」とアンケート形式による「戦後の名歌集」の二本立てとした。

長く各界の方々に依頼している随筆欄には三人の若手の画家に依頼した。一人は田村能里子さん。講談社の小高賢に機会があったらと言われていた方で、とても美人の絵師であった。確か中山競馬場だったか、彼女の大きなオブジェが飾られていたはずである。もう一方は小野絵里さん、福島泰樹の絶叫コンサートでお会いしたのが縁であった。

もう一人は日影眩さん、小生が編集にかかわっていたエロスの雑誌時代からの縁でお願いしたのである。ニューヨークに長く滞在しながら、今も隔年ごとに銀座で個展を開いている異色のイラストレーター。法大の哲学を出て、イラストの分野に活路を開いた。

かつては女性の下半身を下から見上げるかなり際どいイラストを描いていたが、近年は立体的なアングルから都市や人間を描写する技法を取り入れている。

お堅い当時の歌人には、どんな絵師かご存知の方はほとんどいなかったと思われるが、歌の分野ではあまり興味を持たれなかった方々だったのかもと思われる。思うに、塚本邦雄さんくらいだろうか。小生がいろいろな分野の方をよく知っているなと思われていたと勝手に想像している次第である。

新年号とあって、巻頭は宮柊二先生に、ライバル作品集として、塚本邦雄、岡井隆、春日井建の三氏に作品をお願いした。

作品十五首欄には当時の新人だった島田修三、喜多弘樹、栗木京子、山西雅子の各氏に依頼した。島田氏や喜多氏は三十代半ば、栗木氏は三十歳くらいか、山西氏は二十代、今や俳人として活躍されているが、かつては小社から『花を持って会いにいった』の歌集を刊行されている有能な歌人であった。喜多氏はご存知の方も多いであろう。吉野出身で前登志夫さんの直弟子、十年ほど前から縁あって小社に勤めている方である。今は山ざくらで知られる吉野の桜の大使もされているという。

さらにこの号には、「今月の新人」欄に辰巳泰子さんの作品七首が水城春房氏によって取り上げられている。

影といふ影を見送るおもひして十七度目の夏至の日は過ぐ
陶然とあくびしをれば春風にヌードポスターゆらりと揺れる

大阪北野高校の学生であった。大津仁昭、山西雅子さんらとともに「読者歌壇」によく投稿されていた方で、三人とも注目していた新人であった。後に十数首の作品を依頼した記憶があり、辰巳さんの母からその号を十五冊購入したいとの電話を受けた記憶がある。

さて、少し前に戻ることになるが前年の十一月末には、佐藤佐太郎、宮柊二両氏が芸術員会員に推された。歌壇では二十年ぶりの慶事で、もう一方の土屋文明と合わせて三人が会員となった。

三月下旬、社の松原武司君が退社することになった。せっかく慣れてきたというのに淋しい想いがした。小生も新聞社へ入って八年目、どれだけの方々が社を去ってしまったことだろう。

失業保険だけは大分以前に組合闘争して得たものの、給与アップ、労働条件等々にはかなり問題があった。若い方々にとって将来が見えて来ないという決定的な理由もあったろう。小生はもう少し頑張るつもりで休みなく新聞社へ通った。

三月二十九日には雁書館のパーティが催され、中野サンプラザへ泊りがけで赴いた。新聞社に集まる中年以上の歌人とも親しくしていたが、ここの集まりには当時もっとも尖鋭的な若い世代が集っていて、問題意識がたくさん含まれていたからである。

この月の末日の土曜日、京都のＹＭＣＡ会館で催されるシンポジウムのため東京駅を発った。確か、道浦母都子さんや江川さんという方も一緒だったように記憶している。

江川さんは幼児がいて、小生の家内が自宅で保育園をしていることを知り、確か二日間、小生宅の保育園が預かったと記憶している。

河野裕子、阿木津英、道浦母都子、永井陽子各氏ら女性が中心のシンポジウムで、他に、今野寿美、沖ななも、松平盟子の各氏、男性では佐佐木幸綱、高野公彦、坪内稔典、岡井隆各氏が集まった。三百名以上の大集会であったことを覚えている。

充実した内容のシンポジウムであったが、途中、佐佐木幸綱氏が体調不良のため退場されるというハプニングはこの時だったか。

シンポジウムの翌日、佐藤通雅、沖ななも、道浦母都子、佐藤よしみ、江川さん各氏らと円通寺や法然院、東本願寺等をめぐった。三十代、四十代前半の歌人たちの親睦であったか。今や、小生を含めて皆さん七十代、六十代後半になってしまっている。

四月初めのこの頃、永田和宏、河野裕子夫妻がアメリカへしばらく渡るという話を聞き、新宿のプチモンドで数人が集まって送別会の準備をする打合せを行った。

こういう時は必ず小紋潤君が音頭を取るのであった。三枝昻之、小池光、道浦母都子、そして、小紋と小生も加わって準備会を催した。

四月下旬、「心の花」の亀山桃子さんの歌集出版会がパレスホテルで開かれ、小生は新聞社からの刊行とあって司会を任された。山本友一さんが主な発起人となった会である。爾来、亀山さんとお会いした機会が無いのだが、どうしているのだろう。

平塚の七夕を見に来てください、といつも誘ってくれるうちにすっかり音沙汰が無くなってしまった。「白桃」という雑誌を発行されていたと思われるが、今ではお会いする機会が無くなった。

その会の二日後の日曜日は、田島邦彦さんが小生の百合丘の自宅へ来られた。小生が石神井書林にたくさんの蔵書を売るために、見届けに来られたのである。

追悼号の逸話と大家特集

一九八四年（昭59）の「短歌現代」四月号は特集として「都市生活と短歌」、もうひとつこの年の一月に交通事故で急逝された「前田透」の追悼を組んだ。

故人と長い縁のあった香川進、近藤芳美、中野菊夫、加藤克巳、石本隆一、森岡貞香、野村米子各氏に業績や思い出を記していただいた。

野村米子さんにも追悼文をお願いしたのは次のようないきさつからである。

ある日、玉城徹さんから小生に電話があった。「前田さんの追悼をやるのなら、野村米子さんにも書いてもらったらいい。実は、事故の直前まで野村さんは前田さんと会っていたんだよ。何やかや変な噂を立てられる怖れがあると思われるから、短くとも事故の直前の前田さんの様子を書いてもらったらいい。」

「はい、そうだったんですか。よく分りませんが、野村さんにとにかく電話してみます」と答えた。

野村米子さんに早速電話をすると、事故の直前まで井の頭線高井戸駅前のレストランで会っていたことを話され、「書きますわよ」と述べてくれた。

「豊饒の時――最後の姿の目撃者として」と題された追悼文というより送別の内容は次のように記されている。

「走り出すバスの窓に向かい手を振った私に対し、「さよなら！」と手を挙げられた。それが前田さんのこの世における最後のポーズだったとは。

丁度、午後二時半であった。

前田さんより電話があったのは一月十一日の朝。『今日から学校が始まるので高井戸駅のグルマン亭に一時に来ませんか。』

穏やかなその声に私は二日前、氷のかけらに乗り滑って転んだ腰の打撲がちらっと気になったが、家から歩いて五分の距離なので快くお受けした。

そのあと所用で玉城徹氏に電話したとき、『今日は珍しい方に会ってきます。前田透さん』、という会話を交したが、来客のため約束の一時に少し遅れてレストランに入った。先生は奥の窓際の椅子でしずかに本を読んでおられた。」

野村さんはこの後、前田透との交友についての経緯を記した後、こう記している。

「思えばあの日の氏はきわめて前進的と見えた。玉城徹、真鍋美恵子、河野愛子氏その他の歌人の話が一段落した後、『体も癒ったたし仕事もやりますよ』と云われたお顔が目に浮ぶ。その頬の青い影がやや気になったものの、声には張りがあり、凛と透明であった。」

玉城徹さんからの連絡で野村さんに追悼文を頼んだのだが、死の二日前、事故の直前の前田先生のありさまが捉えられている。頼んで良かったと思った。

なお、追悼文を記された前記の先生方は、野村さんを含めて皆さん逝去されている。

前田先生が発行されていた「詩歌」は、遺言があったらしく、この後、終刊となった。

さて、先に記したように佐藤佐太郎、宮柊二両氏が芸術院会員となった朗報もあり、「短歌現代」の同号は「二人の大家＝佐藤佐太郎・宮柊二」の特集も組んだ。

ここではお二人についての対談を、宮柊二とともに「コスモス」創刊に参加されている葛原繁氏と、『斎藤茂吉』の著書もある上田三四二氏の両氏にお願いした。

上田　宮さんの白秋との関係はほとんど内弟子みたいなものでしたでしょう。一時自分の才能に絶望して去ったといわれていますが。

葛原　宮柊二も「多磨」の新風だったわけで、当時の若手が宮柊二に打ち込んでいたというのはたいへんなものなんで、今もその人達が「コスモス」の中核となっているくらいです。

上田　宮柊二と佐藤佐太郎と比べて、柊二は態度の歌人、佐太郎は方法の歌人と思うんですね。態度というのは『孤独派宣言』によく出ています。同じように、方法論が佐太郎の『純粋短歌論』にはよく出ています。

二人の対談は孤独派宣言と純粋短歌論の核心に迫っていった。

対談を終えて、小生は上田さんを阿佐ヶ谷のバー「ゆき乃」へ誘った。上田さんも来たことがあると言われる。呑みながら、いろんな評論家の話が持ち上がり、「最近の吉本隆明の評論はあまり感心しない」と言われたことが印象に残っている。

呑みながら近所に住んでいる秋元千恵子さんを呼ぼうということになった。上田さんを私淑している歌人で、現在「ぱにあ」を発行されている方である。

秋元さんは喜んですぐにやって来られた。上田さんも美人の登場で、あまり表情を変えない方なのにこの時ばかりは笑顔を見せた。

しかし、上田さんとお会いしたのは結局この時が最後となってしまった。平成元年、つまり四年後には亡くなられてしまったのである。都下の清瀬にお墓があると聞いているが、未だに訪れていない。

対談から一週間後、家内の松実啓子が雁書館から刊行した第一歌集『わがオブローモフ』の出版会が中野サンプラザで催された。

これも小紋潤君が中心となり、近くに住む三枝昻之氏や後輩の小笠原賢二君がサポートしてくれたと記憶する。家内は躁鬱病で体調がよろしくなかったが、なんとか会を無事に終えることができた。

この月の初めには「作風」を主宰されていた大野誠夫先生も逝去されている。六十九歳であったか、前田透先生と同じ年齢で旅立たれた。『薔薇祭』で注目を集めた無頼派歌人といっていいか。独特の風貌の方であった。

また、この年は昭和六年会が発足し、阿部正路さんが中心となっていた。一九年生れの会に続いての超結社仲間、今では昭和九年会や二十三年生れの会というのもある。

九年会はシリーズとして数冊の歌集を刊行されているが、高齢のせいであろうか、最近は動向が不明である。

永田和宏・河野裕子夫婦の歓送会

一九八四年（昭59）四月二十七日の金曜日は、夜の六時半から永田和宏、河野裕子夫婦の歓送会が神田の錦友館に於て催された。

御夫婦をはじめ一家でアメリカへ数年間行かれるという。永田さんが、アメリカ国立衛生研究所に留学のためにである。それを聞いた小紋潤を中心に三枝昂之、小池光、道浦母都子各氏や小生が中心となって準備会を四月の初めに開いた。

有能なおしどり歌人夫婦がしばらく日本を離れるという。発起人をはじめ遠く札幌から菱川善夫、そして、岡井隆、真鍋美恵子、阿木津英、福島泰樹、冨士田元彦各氏らの集まったことを覚えている。

高齢の真鍋さんが出席されたのは、永田ご夫婦とも彼女の歌をよく理解して評価していたからだったと思われる。

他にも多くの方が見えられたと思われる。とにかく歓送会としては盛大で大いに呑み騒いだことだけを記憶している。永田氏三十六歳、河野さん三十七歳くらいの時であったろう。ご子息の永田淳さん、長女の永田紅さんの姿は無かったと記憶している。

ワイワイ大いに呑み、騒いだ翌日の土曜日、小生は数少ない有給を取っていて、裕子さんや阿木津さん、他にも数人はいただろうか、昼食を比較的近くの神田まつやへ案内した。

ここは明治一七年創業の老舗で、大晦日の夜など時々テレビで放映される有名な蕎麦店で、蕎麦通の東京人ならたいていの方はご存知のはずである。

「短歌現代」の印刷所であった協同印刷の近くで、砂子屋書房にも近い所である。印刷所へ出張校正へ行くと、印刷所の久木二郎さんにたびたび連れていっていただいた店だった。

河野さんは「こんなにおいしいソバを食べたのは初めて」と喜んでくれた。彼女のエッセイ集にもこの日のことは記されていたと記憶している。

錦友館へ戻ると、自宅へ戻っていた福島泰樹兄がラッタッタという小型のバイクに乗って現われ、下谷の彼の家へ訪れることになった。永田夫妻も一緒だったであろう。下町の小料理屋へ案内していただいたように思う。

さて、歓送会には永田ご夫婦へ何でも良いから贈り物を一人ひとつずつ差し上げる約束をしていた。

小生、何を贈り物として購ったか、すっかり忘れていたところ、数年前、どこかで永田氏とお会いした折に氏からこういう話を聞かされた。

「及川さん、あの歓送会の時の贈り物に何を僕たちに呉れたか覚えてる?」

「いや、何だったか覚えてない、さて? ご夫婦から出席者みんなに皮のサイフをいただいたことは覚えていて、今も部屋のどこかにあるけど……。」

「コンドームを呉れたのよ!」

と永田さんは言われる。自分でもビックリしたが、すっかり忘れていた。そう言えば、差し上げた時だったか、翌日だったたか、「必要ない、ない」と小声で言われた記憶が甦った。

他の方々はどんな品を差しあげたのだろうか。小生はエロスの雑誌出身の編集者で、まだ若いつもりだったから、いくらか変わった面白い役に立つ品を用意したつもりだった。

まあ、それにしても若い世代を中心に永田河野夫婦を送る会としてはまことに楽しい一泊二日だったことだけは今も強く印象に残っている。

残念ながら裕子さんは他界、でも、ご子息の永田淳、娘さんの永田紅さんのお二人ともご活躍、和宏氏は細胞学の権威として、高名な歌人として大活躍されている。

その翌日の二十九日の日曜日は武道館へ柔道の全日本選手権を観戦した。牧水の高弟の大悟法利雄さんから券をいただいていたのである。

予想通り、山下泰裕対斉藤仁の決勝戦となり、素人の小生は斉藤の方が少し勝っていたと感じたが、結果は山下に旗が上がった。

大悟法さんは時々新聞社へ来られ、なんとなく親近感を持つようになっていた。柔道界の重鎮であり、その分野でも後輩として今も健在の大坂泰さんもよく新聞社へ来られていた。大坂さんも牧水系の方である。

実は大悟法さんには大相撲の砂かぶりの席を数ヶ月前に差し上げていて、そのお礼として柔道の券をくれたのである。

小生の亡父はかつて高島部屋の後援会、つまりタニマチ（谷町）をしていて、後に友綱部屋へ移っていた。亡くなる数年前には退いていたが、それでも砂かぶりの席は特別に得ていたようなのである。

自慢話にはならないが、小生は少年時より砂かぶりの席で何回も相撲を観戦していた。一番の思い出は昭和二十九年初場所の国技館での吉葉山全勝優勝の時であった。大雪の降る日で、美男吉葉山の横綱として最初で最後の優勝であった。部屋での祝勝会は芸者さんやら踊り子さんが踊ったり、お酌をしたりの大賑わい、小生はまだ十歳くらいだったので、サイダーやジュースを関取さんからいただだいた。

三根山、輝昇、芳野嶺らの当時有名な関取からコップに注いでもらったのである。高島部屋の全盛時代で、横綱をはじめ三人の幕内力士が存在していた。

大悟法さんは「とても良かった。砂かぶりは初めてだし、ありがとう」と小さな声で礼を述べてくれた。いつも体に似合わず小さな声で話される方で、牧水にとってはかけがえのないお弟子さんだったことだろう。

武道館を後にした四月二十九日も忙しく、白石昴さんの色紙と絵画展を俳句文学館へ夕刻に急いだ。白石さんも牧水系の「長流」に所属する歌人である。書と絵画の腕前は大変なもので、小生の部屋には白石さんの描かれた画に書を付した一枚が今も大切に保管されてある。

前にも記したと思うが、月に三回は金曜日の夕方に小社へ寄られ、うなぎ屋さんで日本酒を呑みながら牧水の歌を朗詠されるのだった。

新聞社の退職を決意

一九八四年（昭59）も八月の暑い季節となっていた。初旬に小池光さんが来社されたので、アルバイトとして小生の机の前で事務をされていた早川さんと共に三人で高円寺で呑みに出かけた。

早川さんは「短歌人」におられる早川志織さん、ちょうどこの年あたりに「短歌人」に入られていたように思う。東京農大在学中のおとなしい女性であった。

後に第一歌集『種の起源』（雁書館）で第三十八回現代歌人協会賞を受賞された方である。新聞社のバイトを退いてからは日比谷花壇で仕事をされていて、翌年独立した小生も何回か出版会の祝のお花を早川さんにお願いしたことがある。

近年はどうしているのだろう。作品も見ることは無く、消息を知ることも無い。

八月十二日の日曜日には、新聞社で第一歌集の『青を掬ふ』を刊行された「心の花」の勝谷綾子さんが、跋文を記された勝谷さんの師の石川一成さんと共に小生の百合丘の自宅へ来られた。

石川さんが拙宅へ来られたのは初めてのこと、軽く出版祝の盃をあげた。

呑む日々は暑い最中も続いた。中旬に新聞社の村山豊君や群馬から来られた内田紀満さんと、下旬には小生の第一歌集『感傷賦』の見本が出来たのを機に滝耕作、小笠原賢二、冨士田元彦、小紋潤各氏と新宿のエイジで酌みかわした。

下旬の土曜日曜には、小生の生地九十九里へ、まだ連れて行ったことのなかった家内と七歳の子供を案内した。躁鬱病を長く病んでいた家内もこの頃は少し良くなっていたので、田舎への久しぶりの墓参りも兼ねていた。

浜は今日よりはまだ幾らか面影が残っていて、それなりの砂丘や松林が残っていたように思う。今や浸食のせいで砂丘はほとんど消え、浜辺はドロ沼に近い風景となってしまった。七歳の女の子は喜んで波打ちぎわを走っていた。

お世話になった田舎の叔父さんや叔母さんや大家族も元気で、小生の酒の好物のマクワウリの塩漬けやながらみを用意してくれていた。三十数年後の今、叔父や叔母、その子までも亡くなり、誰も居なくなってしまっている。

縁戚にあたる女の子は他所から来られた男性と一緒になり、細ぼそと農業を継いでいるが、大きな水瓜畑やトウモロコシ畑、もちろん小生の幼い頃にあった桑畑はとうに無い。叔父さんは鶏を数百羽も飼っていて、われわれは幼児、産みたての、ちょっと糞の付いたあったかい卵を食べていたものである。

田舎から帰った翌日、小生の第一歌集『感傷賦』（雁書館）が自宅に届いた。その翌日に石黒社長に謹呈すると、案の定、渋い顔をしながら受け取ってくれた。

仕事を終え、夜に二子玉川の佐佐木幸綱宅へ歌集を持参した。跋文を書いてくれたからである。翌日は夏休みを取り歌集の発送日にした。近くに住む三枝昻之氏が手伝いに来てくれたことを思い出す。

九月四日、小生の歌集出版記念会の打合せを新宿のプチモンドで行った。やはり、小紋潤が面倒を見てくれて、三枝昂之、小高賢、大島史洋の四人が集まってくれた。

この頃、竹内温さんが歌集刊行のため新聞社へたびたび寄られ、夕刻にはいつも高円寺の居酒屋へ案内していただいた。「創作」から「声調」という結社へ移られた頃だったと思う。

竹内さんは小生が翌年に独立してからもたびたび、ながらみ書房に来られ、その都度馳走になったが、小生が雑誌を刊行して後、急逝されてしまった。

呑みながらトンカツや油物をたくさん食べるような方で、糖尿を患ったのであろうか。ある時は、「創作」の会員が経営する修善寺の格式ある温泉宿へ連れていってくれたこともあった。

白石昂さんも「創作」系の方だったが、後年、やはり小生を牧水ゆかりの温泉「牧水荘・土肥館」へ案内していただいたこともある。大坂泰さんはじめ、牧水系の歌人は総じて面倒見が良く、やさしい方が多かった。

歌集刊行後の十月、いよいよ新聞社での居ごこちが悪く、意を決して十一月に退職届けを社長に提出した。「十二月いっぱいまで勤めます」と社長に言うと、決して引き止めるような返事はいただかなかった。

その月の半ばの日曜日は、先に記した勝谷綾子さんの歌集を祝して藤沢の小田急百貨店の綱八で「心の花」湘南会の数名が集まった。勝谷さんはじめ石川一成さんや鳥居かほるさん、金子弥生さんと小生が祝盃を上げると、どうも酒の味がしない。

「これは酒じゃなく、水じゃない？」と小生が石川さんに言うと、「確かにおかしい」と石川さんも言われる。徳利を洗うための水を入れたまま店員が出してしまったのである。

乾杯が水だったとは？　何か不吉な予感がよぎった。店長は石川さんの湘南高時代の教え子だったようで、平謝りされたのは言うまでもない。

後に詳しく記すことになるが、何と祝会の九日後、石川一成さんは不慮の交通事故で即死されてしまったのだ。

さて、小生が八年間勤めた新聞社を退職することを社長から聞いたのであろう、「短歌人」の高瀬一誌さんから電話を受けた。

「話を聞いたので、ちょっと新宿で二人きりで話そう」と言うのである。「新宿のどん底という店知ってるだろう」「二、三回小中英之さんと行ったことがあります」と答えた。

小中さんも高瀬さんと、どん底で呑んだことがあるのだろう。愛ちゃんの愛称で親しまれた方がマスターをしていた。今もその店は新宿三丁目にある筈である。かつては外壁がたくさんのツタで覆われていた。

店に入ると高瀬さんは既に来られていて、ウイスキーの水割りを口にしていた。愛ちゃんも高瀬さんを知っているらしく近寄ってきた。

あの日から早くも三十四年近く経ていることになろうか。

石川一成さんの輪禍

一九八四年（昭59）十月二十日、「心の花」の仲間の西田郁人氏が広島から拙宅へ寄られた。比較的近くの、多摩に住む歌人の今泉進さんの家を一緒に訪ねようと西田さんは言う。被爆者でありながら西田さんはとても元気な方で、酒もよく呑んだ。お二人とも昭和九年生れ、楽しい時間を過ごした。

その四日後の二十四日早朝、自宅に佐佐木幸綱兄から電話があった。いつもとは違い、小さな声で「石川さんが亡くなったんだよ」と言う。なにかよく分らず「はっ？」と返事をすると「石川一成さんが昨夜亡くなったんだよ」と、やはり幸綱さんらしくない小さな声で言われる。

しばらく返答が出来無かった。やっと、「どうしたのですか？」と聞くと、酔っぱらい運転のトラックに飛ばされ、即死だったと言われる。

ともかく電話を切ると、身体がふらふらっとしたように感じた。十日前に藤沢で会食した折に、乾杯の盃が水だったことが浮かんだ。二十三日の夜、十一時五分に石川さんは輪禍にあわれたのだが、その夜は昭和一九年会の勉強会があり、小生の第一歌集『感傷賦』がテーマで、小高賢君や斎藤佐知子さんたちから厳しい批評言をいただき一晩寝つかれないのであった。

十月二十五日、石川一成さんの通夜が催された。辻堂駅近くの湘南斎場だったか。高円寺の新聞社を午後三時頃出ると、なんと車内に白い蝶が飛んでいるのを見た。ふしぎである。小生はこの体験を幾つかしていて、友人や親類が亡くなるといつも蝶が傍に飛んでいるのである。どういう神秘であろう。

「心の花」を離れていた福島泰樹も報を知って駆けつけていた。かつては共に旅行したり、呑んだ仲間であった。千葉の佐原から来られた石川さんの弟を見て、「よく似てるな、ただ、日焼けしていて違うな」といつもの調子で語った。

翌二十六日の葬儀は二千人ちかい参列者があった。教育の分野、重慶で教えた中国の学生たち、もちろん「心の花」の多くの会員、これほど多くの参列者の集まった葬儀は未だ知ることは無い。石川さんの人格だったのであろう。

受付に今日「白路」を主宰する野地安伯氏がおられたことを後に知った。湘南時代の石川さんの後輩であったという。石川さんはその頃、野地さんを「アンパク、アンパク」と呼んでいたという。

記せば切りも無い。小社ながらみ書房から刊行しているシリーズ『歌人回想録2の巻』の「石川一成」の中で小生はこう記した。

「昭和五十六年三月、四川外語学院の日本語講師の任を終えた石川は、日中友好の大きな役割を果たして帰国した。藤沢市教育委員会より、社会教育の向上発展と文化の振興に貢献したとして感謝状をおくられたのは、その年のことである。九月に厚木高校教頭となった石川は、教頭としての多忙な日常に追われながら、「木下利玄ノート」や「佐佐木信綱私観」をはじめ、たくさんの文章を記した。第二歌集『沈黙の火』を刊行したのは、昭和五十九年八月のことである。

同年十月、厚木高校の修学旅行から帰った石川は、二十三日夜、勝谷綾子歌集『青を掬ふ』の出版打合せを藤沢駅近くで行い、終了三十分後の十一時頃、藤沢市高倉の自宅付近に停車していた車をよけようとして、後方から爆走してきた飲酒運転のトラックにはねられ全身打撲で即死した。享年五十五歳であった。

中国での二年間の重責を果たし、教頭として復帰した教育者人生にも疲れ、物書きとして第二の人生への夢を抱いていた矢先のことであった。歌人として研究者として、もっと自由に飛翔したかったであろう。郷土千葉県の先輩で、新聞社を退いてからもっともお世話になるであろう石川さんの急死は今でも小生にとって衝撃である。

翌年の一周忌だったか、ながらみ書房を興して間のない小生、大雨の中を藤沢の大庭台墓園に行き、石川さんに花をたむけた。

お墓には石川さんの代表作である、

　風を従へ坂東太郎に真向へば塩のごとくに降りくる雪か

の作が彫られてあった。あれから既に三十四年の月日を経た。鎌倉のどこであったか、石川さんの教え子たちの建てた碑も残されている。」

さて、衝撃が癒やしきれない葬儀の翌々日の二十八日の日曜日、熱海の大野誠夫宅まで行き「作風社」の編集室の撮影にうかがった。撮影は近くの東海岸町の「古屋旅館庭園」の前に於てであった。

しかし、残念ながら主宰の大野誠夫先生はこの年の二月に逝去されていて、大野ひで子氏、北陸から来京された津川洋三氏、綾部光芳氏、内田貞子氏らが集まった。津川洋三氏や内田貞子氏も先年他界されている。綾部氏は現在「響」を主宰され活躍中なのはご承知であろう。

小生、熱海へはこの数年後「心の花熱海支部」の講師として行くことになり、海岸近くに喫茶サンビーチを営んでいた内田さんとたびたび会うようになった。内田さんはその頃もミニスカート姿で、年齢に比してとても若く見えた。今は亡き中川菊司さんと学校の同級生だったとも伺ったことがある。

翌月の十一月二十二日は、大和市役所へ足を運んだ。石川一成さんが講演を頼まれていて、そのピンチヒッターとして赴いたのである。「物を見る目」というテーマで下手な話をしたように記憶している。

話を終え、槇弥生子さんへ電話を入れた。相模大野で小料理屋を営んでいる店で一杯やりませんか、と誘ったのである。

しかし、何と、経営者のママ小保方洋子さんが昨夜急逝され、今夜は通夜なのだという。ビックリ仰天したのは言うまでもない。とても色っぽいママで、槇さんの「醍醐」でも活躍されていた歌人である。

退職までの数日間

石川一成さんの突然の死で茫然としていた一九八四年の十月十一月であったが、行事は幾つも続き、それぞれに出席した。

十一月二十九日は篠弘氏の出版会が如水会館であり、会場で急遽、来嶋靖生さんから司会をやってくれと頼まれたのである。ビックリしたが、出席名簿を渡されなんとか進行した。篠さんの奥さん、なかなか美しい方であったと記憶している。

翌三十日は「未来」の細川謙三さんが新雑誌「楡」を創刊するというので、東銀座の青山寮という会場まで出かけた。玉城徹、桜井登世子、阿木津英各氏も来られていて、その折のモノクロ写真は今も持っている。

十二月三日はなぜか有楽町で井上司朗氏とお会いした。社を退くにあたり、井上さんが心配して誘ってくれたのであろう。筆名は逗子八郎、戦中の内閣情報局の大物である。翌年の二月に現在のながらみ書房を興した折にも、初日に祝を持って駆けつけてくれた。余りに小さい事務所なので驚かれたことであろう。右よりの思考でない小生と知りながら、たびたび寄られたのであった。

翌日の四日には「樹木」の中野菊夫先生とお弟子さんの大塚善子さんと井の頭公園近くの喫茶店で話し合った。

新聞社を退くことを知った中野先生が、今後の小生について相談に乗ってくれたのである。大塚さんは中野先生の亡き後、「新樹」を創刊したが、今年に入って廃刊されたと聞く。とても綺麗な方であった。そう、どういうわけか、中野先生はプロレタリア系の歌人タイプと見えたが、「樹木」の会員には美人の多かった印象がある。

翌五日は先年六十八歳で急逝した評論家の松本健一氏から「短歌現代」の原稿を新宿の喫茶ロータスで受け取った。年内で退職したから、二月号の稿を受け取りに行ったのだろう。氏はまだ三十七歳くらいの時だったにちがいない。

九日の日曜日は石川一成さんの四十九日忌が藤沢の魚万会館で催された。大庭台墓園へ湘南心の花会員と線香を上げてからであった。

行事は日々続き、十日は小高賢の第一歌集『耳の伝説』（雁書館）の出版記念会が催された。

新聞社での仕事も残すところ十日余りとなり、十九日には神田の協同印刷へ最後の出張校正に向かった。印刷所の久木二郎さんからいつものうなぎを馳走になり、八年間にわたって世話になった礼を述べた。

翌二十日はなんと錦友館で催された雁書館の忘年会に出席した。新聞社では八年間、一度も社の忘年会も新年会も催されず、淋しい想いをしていたものである。

翌二十一日の昼休みには、新聞社近くに住む岡山たづ子さん（「歌と観照」主宰）と樋口美世さん（「地中海」）が来られ、近くの中華料理店へ連れて行ってくれた。「最後の持て成しになって淋しいわネ」と岡山さんが言われる。

そう、お二人には何度となく世話になり、安月給で旨い物を食べていないだろうと、たびたびその中華店へ誘ってくれたのである。里見浩太朗の奥さんの営む店で、昼休み一時間弱の時間しか取れなかったが、味は何でもとても旨かった。

岡山さんにはその後も大変お世話になったが、樋口さんの近況は知ることがない。

その日の夜は昭和一九年の会の忘年会、小高賢や大島史洋から、これからどういう方向で進んでゆくのか等々聞かれたのは言うまでもない。

二十二日の土曜日は新聞社の狩野登美次さん、村山豊君、高橋慎也君、高木康子さんらが簡単な送別会を高円寺の呑み屋で開いてくれた。

村山君は当時「心の花」に入っていて、自分も将来独立して写植の職人になることを語っていたが、後に新聞社を去り、独立後、数年を経て癌になり若くして世を去ってしまった。現在、季刊総合文芸誌「抒情文芸」を発行されている川瀬理香子さんは学習院大学時代の村山君と同級生で、小生が新聞社へ入って間なく、村山君の紹介で川瀬さんを知ったのである。

川瀬さんとはそういう縁で、もう四十年もの期間、「抒情文芸」に何かにつけて、主に歌人の執筆者を指示している。

十二月二十五日は「短歌現代」新年号の発送日、同時に新聞社での八年にわたる勤務の最終日となった。退職金は出ない会社だと思っていたところ、協同印刷の久木さんが「それではひど過ぎますよ」と社長に進言したらしく、思いがけず六〇万の退職金をいただくことが出来た。

新聞社で退職金を受け取ったのは、小生が初めてであろう。

送別会も終えていたので、「長い間お世話になりました」と社長や同僚に述べ、すんなりと高円寺の駅へ向かった。

翌々日の二十七日は新聞社八年の垢落としのため、大学の後輩で詩人の水橋斉君にお願いして伊豆下田の弓が浜温泉ホテルへ向かうことになった。

弓なりの広大な海辺を望みながらの露天風呂は、八年の垢を落とすまでには至らなかったものの、爽やかな気分にさせてくれたのは言うまでも無い。

宿代は一泊一万三〇〇〇円だったが、海の幸もとても旨かった。水橋君は本誌の「詩歌句」特集で二回ほど登場されている。当時は下田を中心に伊豆宣という大きな観光宣伝会社を営んでいた。バブル絶頂期は大変な景気であったというが、後年、バブル崩壊後、会社はあっという間に傾き、今はさまざまの経緯の後、伊東駅を中心にタクシードライバーの仕事をされている。

余談になるが、運転手の彼を中心に、小生と大学の後輩たちを含め、この十年の間、伊豆を中心に一泊の旅行を続けている。

プロの運転手ゆえに伊豆はどこでも知っていて、一昨年は下賀茂温泉、昨年は北川《ほっかわ》温泉に出かけた。

退社から独立への日々

一九七六（昭51）年十二月下旬に新聞社の倉庫を確保し、翌年の一月四日より新聞社へ入り、六月に第三の総合誌と言われた「短歌現代」創刊の編集にかかわった小生は、一九八四（昭59）年末をもって退職した。

組合を作って勝ち取った失業保険をもらうため、翌年の一月四日に早くも職安へ行き、保険金を受け取る手続きを進めた。

新しく歌の分野の出版を始める決意をしていたところ、古くからの友人の小林忠次さんが声をかけてくれた。前にも記したように、彼は水道橋の三崎町に「花林書房」を興していて、その一室の隅を貸してくれるというのだ。四畳半ほどの広さの三分の一くらいの超狭い場所を借り、机と椅子、電話を引くことにしたのである。

仮の仕事場ではあったが、なにしろ経済的余裕は全く無く、しばらくこの猫の額ほどの所で仕事を始める他は無かった。

まず、「短歌現代」時代にお世話になった歌壇の先生方への挨拶回りである。菓子折りを持ち、特に世話になった先生方の自宅への訪問を心がけた。

初めは内藤明氏にお願いしたのかどうか、一緒に練馬石神井の武川忠一先生宅へうかがったのである。続けて家から近くの柿生に住む馬場あき子、岩田正両先生宅、豪徳寺の香川進先生宅、西武線所沢西武園傍の近藤芳美先生宅、目白の窪田章一郎先生宅、中野区野方の春日真木子先生宅へと日々足を運んだ。まだ若かったせいであろう、これからの仕事のためにけっこう精力的に挨拶回りをしたのだった。

スタートにあたり、これも前にも記したかと思われるが、社を興すにあたり、友人の中川昭氏とも相談し、出身地九十九里でたくさん取れていた巻貝の珍味ながらみを思い、ながらみ書房とした。田舎くさい社名と謗られてもいいだろう、この社名でいってやろうと決心した。中川さんももっと田舎の秋田出身、納得してくれた。

そうした中で、一月下旬に「心の花」全国大会が関西であり、よく大阪へ来られていた前登志夫先生の講演となった。司会進行は小生の担当。「短歌現代」の先生の連載では大変な迷惑をかけられた小生だったが、これからもよろしくと先生と握手を交わした。

二月はじめ、高瀬一誌氏から連絡があり、新宿の南口でお会いした。前にも行ったことのある珍味を食することのできる店であったと思う。一度目は年末に新宿のどん底でお会いし、いい後任の編集者がいないかと聞かれたことは先に記した。

今度もその続きの相談であった。あの新聞社に紹介できる編集者はおりませんと釘を刺すような返事をしたように思う。

高瀬さんは中外製薬の偉い方で、歌人として、一個人として素晴しい方で尊敬していたが、良い返事は出来なかった。飲食を共にしながら高瀬さんはとても淋しそうに見えた。別れて帰宅途中、ひょっとするとあの大会社中外を辞して、高瀬さん自身が新聞社へ入って編集するのではないか、と直感した。あそこへ入ったら一日身動きなど出来ず、取材どころか偉い歌人と喫茶でも会うことはむずかしいところ。可能だろうかと危惧した。

その危機感はやはりピッタリ当たってしまった。高瀬さんは小生の後に中外を去り、新聞社に入社したというのである。

小生に罪は無いものの、ああ、どうなるだろう、中に入ったら身動きも出来ない雑務に追われる日々となるゆえ、身体にもよくないと心配した。

数年後、それでも高瀬さんは小社に「短歌人」の方の歌集を頼みたいと小社へ寄ってくれたこともある。小生が行きつけの一らくという鰻屋さんでお会いし、お互の仕事を含めて呑みながら話し合った。思っていたよりも当時の高瀬さんはお元気そうに見え、ホッとしたものである。新聞社には何年くらいおられたであろう。

さて、独立の準備に追われていた二月下旬には、昭和一九年生れの仲間たちが「励ます会」と称して神保町すずらん通りの「浅野屋」に集まってくれた。一九年のメンバー以外にも、藤田武さんや小中英之さんが来てくれたと思う。

だが、第一歌集を小生の所で考えていると言ってくれた古谷智子さんの姿が無い。どうしたのだろうと集まった方々も首をひねっていた。

古谷さんは銀座のすずらん通りと勘違いをし、ウロウロ、その周囲を歩きまわっていたという。そんな高級な場所で宴をやるはずも無いのだが、やはり青学出身のお嬢さん育ちなのであろう。

数日後には、新聞社の村山豊君が狭い小生の事務所を見に来られ、おおいに近くで呑んだ。いずれは自分も退社して、写植屋を開く夢を語ってくれたと思う。

その頃、小紋潤君と藤沢市高倉の石川一成宅を訪れた。恭子夫人と長男長女もおり、二人で仏壇の前に座った。一成さん急逝されてまだ二ヶ月と少し、思い出話をし、新百合で小紋君と呑んだ。これからの「心の花」の前途を話し合ったように記憶している。

またその頃であったが、池袋西口の東方会館にて堀江典子さん、石川恭子さん、筒井富栄さんたちとお会いした。堀江さんは一昨年に亡くなり、筒井さんもはや十八年前に逝去されてしまっている。

堀江さんとは昭和四十年代後半、新聞社へ小生が入る前に一緒に不動産の仕事をした縁がある。北浦和近くで仕事を共にし、毎晩その周辺で呑んだくれたのが災いしたのか、一年ちかくで倒産してしまった。

堀江さんのご主人は熊谷組のお偉方で、浦和競馬場の建設にもかかわった方と聞いていた。軽井沢に別荘を持ち、その頃に水城春房氏ともども誘われたこともあった。

途中の群馬県渋川の坂東簗で十二種類の鮎づくしに堪能した日のことも忘れがたい。後年、熊本を訪れた時、安永蕗子さんに鮒の洗いをいただいたのが一番の味覚と今も思っているが、簗での洗いもまた格別であった。

さて、本連載もいよいよ終了となる。新聞社に入った一九七七年から独立を心がけた一九八五年の初めまでの記録である。それから今日まで三十三年を経たことになる。

あとがき

小生の編集している「短歌往来」の二〇一四年一月号特集は「追悼・谷川健一」であった。前年の夏に逝去された谷川先生から、長い編集者体験のことを書いてみたらどうかと言われていて、その追悼号から書き始めたのが本書である。

二十代半ばはエロスの雑誌編集にかかわっていたが、その体験を記すことは別の機会にするとして、本書は一九七七年（昭52）から一九八四年（昭59）にわたって編集した短歌の総合誌「短歌現代」のさまざまな経緯を自分なりの視点からまとめたものである。

八年におよぶ編集体験のことども、記憶ちがいや自分勝手の言回しを記したこともあろうが、できるだけ率直に思ったことどもを記してきたと思っている。

本書は長きにわたる友人古川弘典氏の経営するはる書房から出版した。拙著の

『歌人片影』や歌集『秘鑰』でも世話になった出版社である。

二〇一八年八月

編集者の短歌史

及 川 隆 彦

〒215-0011 川崎市麻生区百合ヶ丘 1-4-4

2018年9月8日　初版第1刷発行

発行所

株式会社 はる書房

〒101-0051 東京都千代田区神田神保町1-44 駿河台ビル

電話・03-3293-8549　FAX・03-3293-8558

振替・00110-6-33327

印刷・製本／株式会社 藤印刷